Une robe couleur du temps

BIANCA TURETSKY

Une robe couleur du temps

Traduit de l'anglais (États-Unis)
par
Florence Bellot

hachette

L'édition originale de cet ouvrage a paru en langue anglaise (États-Unis)
sous le titre :

The Time-Traveling Fashionista

This edition published by arrangement with Little, Brown for Young Readers /
Hachette Book Group, Inc., New York, USA.

Traduit de l'anglais (États-Unis)
par Florence Bellot.

Hachette Livre, 43 quai de Grenelle, 75015 Paris.

Pour ma grand-mère,
la vraie Louise Lambert

« Une nouvelle robe ne vous
mènera à rien par elle-même.
Ce qui le fera, c'est la vie que vous
mènerez avec cette robe, le genre
de vie que vous avez menée
auparavant, et ce que vous en ferez
plus tard. »

DIANA VREELAND,
icône de mode et ancienne éditrice
en chef de *Vogue* Magazine

CHAPITRE 1

L'invitation arriva un jeudi d'avril comme les autres. Louise Lambert rentrait chez elle après son entraînement de natation et la découvrit sur la pile de courrier déposé près de l'entrée. Elle attrapa l'enveloppe lavande et monta l'escalier.

Louise jeta son sac à dos violet par terre. Elle plongea sur son lit à baldaquin pour examiner la lettre qui lui était adressée personnellement.

Pour Mlle Louise Lambert

Son nom était joliment calligraphié. Pas d'adresse, ni d'expéditeur, et pas de timbre. L'enveloppe était scellée à la cire rouge, d'un rouge sang. Étrange, et plutôt démodé !

Louise recevait rarement du courrier, excepté son *Vogue Ado* mensuel, et des cartes d'anniversaire où était glissé un billet de vingt dollars, de la part de grand-père Léo, qui vivait en Floride. Elle prit son temps pour ouvrir, apprécia le poids

et la texture du papier. Puis elle observa le sceau comme une bonne scientifique. On aurait dit un monogramme : les lettres *MG*, entrelacées telle de la vigne vierge. Trop curieuse pour poursuivre son examen, elle déchira l'enveloppe.

Cool ! Ça tombait bien ! Elle dénicherait peut-être une robe fabuleuse pour la soirée des cinquièmes, vendredi prochain. Son premier bal ! Louise virevolta dans sa chambre avec un partenaire imaginaire, se rêvant dans une salle somptueuse. Puis elle s'arrêta net devant le miroir qui occupait toute la surface de sa porte.

Il était recouvert de photos de mannequins découpées dans *Vogue Ado*, recouvertes elles-mêmes de photos de stars de l'âge d'or de Hollywood, surtout Marilyn Monroe et Elizabeth Taylor, récupérées sur Internet et imprimées.

La mère de Louise, d'origine anglaise, adorait les vieux films hollywoodiens. Elle avait toujours proclamé que c'était la raison de son installation aux États-Unis quand elle était jeune fille. Elle s'y représentait la vie comme dans un film, aussi merveilleux que *Le Magicien d'Oz* et aussi romantique que *Casablanca*. Louise avait hérité de son amour pour cette époque du cinéma. Ses meilleurs souvenirs, c'était des soirées devant la télévision. Elle se blottissait sur le canapé avec sa mère et un bol de pop-corn, pour regarder des classiques en noir et blanc avec Cary Grant, le George Clooney de son temps, ou Audrey Hepburn.

Louise étudia son reflet et fut déçue, une fois de plus : elle était trop petite, et elle avait toujours ces maudites bagues sur ses dents ! De profil, c'était pire : plate comme une limande. Ses cheveux châtain bouclés, à hauteur d'épaule, encore mouillés de la piscine, étaient ramassés en un chignon maigrichon au bas de sa nuque. Quelques petites mèches frisottées s'échappaient autour de son visage.

Elle prit son vieux Polaroïd, actionna le retardateur automatique et attendit. Cinq… quatre… trois… deux… FLASH ! L'appareil cracha un cliché opaque qui mettrait quelques minutes à se révéler. Louise l'étiqueta « 14 avril » au stylo-bille. Elle le rangea avec tous les autres, dans le tiroir du haut de sa commode, sous ses chaussettes et ses dessous, sans attendre qu'il soit complètement développé. Un jour, elle en était sûre, elle repérerait un changement. Quelque chose serait différent.

CHAPITRE 2

Encore une demi-heure avant dîner… Désœuvrée, Louise ouvrit la porte de son dressing et pénétra dans la pièce aux effluves de moisi. Il était immense, à peu près de la moitié de la taille de sa chambre. Mais en raison de la forte inclinaison du toit, une partie très basse du plafond en réduisait considérablement la surface utilisable. Une ampoule nue éclairait la pièce d'une faible lueur tristounette. Ce dressing était de loin sa cachette préférée dans cette vaste maison pleine de courants d'air. Des choses extraordinaires pourraient s'y produire si elle laissait libre cours à son imagination. Mais elle n'était plus une gamine ! Un peu ridicule de se mettre dans un état pareil pour un simple dressing, non ?

Plus jeune, elle avait adoré y aménager des forteresses. Elle se sentait en sécurité dans cette pièce intime et sombre. Elle y passait des heures à lire avec une lampe de poche, sous un amas de couvertures. Au cours de l'année précédente, son intérêt pour la mode n'avait cessé de grandir. D'abord avec le catalogue de vente par correspondance J.Crew, puis Rodarte (bon, d'accord, la seule robe de ces créatrices qu'elle possédait avait été créée pour Target et ne portait pas directement leur griffe, mais c'était quand même une marque branchée). Du coup, elle s'était rendu compte de la chance qu'elle avait de disposer d'un espace aussi génial rien que pour ses vêtements. Être fille unique, ça avait finalement du bon !

Elle avait été encore plus enthousiaste cette même année, quand elle avait découvert une friperie du Lower East Side à New York, avec Brooke, sa meilleure amie. Louise y avait acheté une robe tricotée bluffante, très flashy. Selon la vendeuse, elle ressemblait à une pièce classique années soixante-dix de Missoni. Elle l'avait portée à la bat mitzvah de Caroline Epstein. Résultat : un million de compliments pour une tenue qui ne lui avait coûté que treize dollars cinquante. Et voilà ! Elle était accro.

Une barre en bois était suspendue sur toute la longueur du dressing, grâce à des cordes fixées au plafond. Son père l'avait installée un jour où il avait été pris d'une frénésie de bricolage (Louise n'en revenait pas), pour qu'elle y range ce qu'elle espérait être le début d'une immense collection. Pour le moment, elle en était loin : elle possédait en tout et pour tout trois vêtements hétéroclites qui pendouillaient là, comme échoués par hasard. Mais elle avait bon espoir, ça changerait bientôt !

Elle adorait les vêtements vintage. Puisqu'elle ne pouvait pas vivre dans un vieux film en noir et blanc, au moins elle porterait les mêmes vêtements que les acteurs ! C'était sur ce point-là que sa mère et elle étaient différentes. Selon Mme Lambert, les films devaient être anciens, mais les vêtements neufs. Ensuite on les donnait – et on ne les achetait pas – à des organismes tels que l'Armée du Salut.

Quand Louise n'explorait pas les deux friperies locales, elle faisait des recherches sur Internet : les créateurs de toutes les époques la passionnaient. Un exemplaire archifeuilleté de *Comment bien acheter vintage : le guide essentiel de la mode*, cadeau d'anniversaire étonnamment parfait de grand-père Léo, était toujours en évidence sur sa table de chevet. Ainsi, si elle repérait une tenue, elle pouvait vite la retrouver en images dans le guide avant qu'elle ne lui sorte de la tête. Il lui fournissait aussi de nombreux tuyaux pour sa collection, ainsi qu'un annuaire des meilleurs magasins spécialisés dans le monde entier. Elle le parcourait les soirs où elle n'arrivait pas à s'endormir. Les noms Belle Époque, L'Armoire de la Diva, Pois et Rayons de Lune la faisaient aussitôt rêver. Bien plus efficace que de compter les moutons…

Désormais, Louise s'estimait plutôt experte. Elle faisait facilement la différence entre une robe Balenciaga et une Givenchy. Et savait que le terme « vintage » s'appliquait aux vêtements jusqu'aux années quatre-vingt. Après, c'était de l'occasion, sans plus. Elle pouvait distinguer un tailleur Coco

Chanel d'un tailleur Chanel créé par Karl Lagerfeld. (La jupe conçue par Karl s'arrêtait au-dessus du genou, alors que Coco, la fondatrice de la maison Chanel, aurait trouvé cela indécent.) Elle savait que les fermetures Éclair étaient rares avant les années quarante. Et avait compris que ce n'était pas parce qu'une chose était ancienne qu'elle avait forcément de la valeur !

Louise sortit de sa section des années vingt une robe garçonne bleu outremer taille basse, qui descendait au genou, avec paillettes et ourlet bordé de plumes d'autruche (cette section 1920 étant d'ailleurs limitée à cette unique pièce). Ce n'était pas une vraie Madeleine Vionnet, cette créatrice française des années vingt et trente qui avait inventé la coupe dans le biais. Mais étant donné le montant pitoyable de son argent de poche, c'était mieux que rien ! Et pour la touche finale, quoi de plus génial qu'un boa couleur saphir assorti et des sandales à brides ? Du coup, Louise se rappela l'invitation à la vente vintage des fashionistas voyageuses.

Ce serait un endroit super pour chercher ça, pensa-t-elle, impatiente à l'idée d'agrandir sa collection, car elle avait désormais complètement écumé l'Armée du Salut et les œuvres caritatives locales.

Serrant la robe contre elle, Louise ferma les yeux et laissa son imagination l'emporter dans le monde de cette tenue. C'en était presque réel. Elle dansait dans un bar clandestin de l'époque, bruyant, saturé d'odeurs de sueur. Elle ondulait

au rythme de la musique jazz imaginaire qui jouait dans sa tête, en tripotant un collier de perles invisible.

– Louise ! Le dîner est prêt ! s'infiltra dans sa conscience la voix perçante de sa mère.

Quelle vie passionnante avait dû mener la femme qui avait possédé cette robe ! Des soirées mondaines dans ce fabuleux vêtement scintillant... Une existence pleine de danses dans des cabarets malfamés, de jeux d'argent et de gangsters. Elle avait eu un cours sur les années folles en histoire, l'an passé. Le plus loin que Louise s'était aventurée vêtue de cette robe, c'était devant le miroir de sa chambre. Mais la porter au bal du collège, ce serait trop excitant ! Elle s'habillerait enfin pour quelque chose d'autre que ses propres clichés de mode au Polaroïd !

– Louise ! C'est maintenant !

En tout cas, une chose était sûre : dans la vie de cette femme-là, il n'y avait jamais eu une mère casse-pieds qui pétait les plombs si vous aviez cinq minutes de retard pour le dîner.

CHAPITRE 3

Les Lambert dînaient toujours dans la salle à manger. Ils habitaient une vaste demeure, très « cottage » anglais, avec un tas de pièces – de vrais nids à poussière –, un escalier de service et un monte-charge. Plus deux chambres d'amis qui ne servaient jamais. Pour une famille de trois personnes, c'était immense. Mais Louise en connaissait la moindre parcelle par cœur : chaque lame de parquet qui craquait, chaque nœud dans le bois, et toutes les meilleures cachettes. Elle était convaincue qu'il y avait forcément un passage secret quelque part. Elle le découvrirait un jour, c'était sûr !

La plupart du temps, sa mère et elle prenaient leurs repas seules à la longue table en acajou. Des portraits à l'huile des ancêtres de Louise pendaient tristement, sombres et sinistres, sur les murs d'un rouge vénitien. Il était rare que son père rentre à l'heure pour le dîner, car il travaillait souvent très tard à son cabinet juridique. C'était vraiment dans ces moments-là qu'elle aurait voulu avoir des frères et sœurs à qui parler !

Parfois elle imaginait que ces gens peints en deux dimensions s'extirpaient de leur cadre et venaient s'asseoir autour de la grande table avec elle et sa mère, remplissant la pièce de rires et de conversations animées sur l'histoire de sa famille.

Mme Lambert présidait déjà quand Louise arriva.

– Dâââârling, que fabriquais-tu là-haut ? La viande refroidit, lui reprocha-t-elle avec son léger accent anglais, en dépliant sa serviette en lin blanc immaculée pour la déposer sur ses genoux.

– Désolée, maman, je devais être un peu dans la lune, s'excusa Louise en s'écroulant sur sa chaise inconfortable.

– Hmm, soupira Mme Lambert. Ça ne me surprend pas...

Elle coupa avec grâce un morceau gris d'une viande mystérieuse.

Avant de s'installer au Connecticut, sa mère avait grandi dans une famille aisée de Londres. Au grand désespoir de Louise, Mme Lambert, ayant toujours vécu entourée de serviteurs, était totalement nulle en cuisine. Saucisses à l'eau, pommes de terre à l'eau, petits pois et carottes à l'eau... elle avait droit à de sempiternelles déclinaisons sur ces aliments insipides et trop cuits, noyés sous des flots de vinaigre de malt. Mme Lambert proclamait que tremper chaque bouchée dans le vinaigre était typiquement anglais. Peut-être, mais quel cauchemar ! Louise rêvait d'un dîner normal. Genre macaronis au fromage dégustés au comptoir de la cuisine, ou pizza aux pepperonis devant la télévision, comme tout le monde. Chaque fois qu'une amie venait dîner chez elle, Louise ne savait plus où se mettre.

– As-tu vu cette lettre pour toi, sur la console de l'entrée ? demanda Mme Lambert.

Louise hocha la tête, la bouche pleine d'un mélange pâteux indéterminé.

– Qu'est-ce que c'était ? Encore une bat mitzvah ? insista sa mère.

– Non, une invitation à une vente vintage samedi. Ça a l'air cool. Je pourrais peut-être y trouver une robe pour le bal, expliqua Louise avec vivacité.

– Des vêtements d'occasion ? Personnellement, dââââr-ling, je ne vois pas pourquoi tu ne pourrais pas acheter une robe neuve. Allons faire du shopping ensemble ce week-end, si tu veux. Les propriétaires de ces vêtements sont sans doute morts, à l'heure qu'il est, leurs affaires vendues par les héritiers, affirma Mme Lambert.

Elle appuya ses propos d'un frisson théâtral. De toute évidence, elle n'était pas emballée par la manière nouvelle dont sa fille envisageait le shopping.

– Maman, ce sont des vêtements anciens, c'est tout ! Et ils ont quelque chose de spécial, d'unique ! se justifia-t-elle.

Ah, pourquoi sa mère n'y comprenait-elle rien ? C'était trop déprimant !

– Fais comme tu veux, ma chérie. Je te dis simplement que je serai plus que ravie de te donner de l'argent pour une robe neuve. Ce n'est donc pas ce que porteront les autres filles ?

Louise et Mme Lambert revinrent en silence à leur mixture bouillie. Le seul bruit était celui de l'argenterie contre la porcelaine.

– Maman, parle-moi encore de tante Alice, demanda Louise en levant les yeux vers le portrait de sa grand-tante, accroché au mur derrière la tête de sa mère.

Mme Lambert était allée à Londres la semaine précédente pour l'enterrement de la fille d'Alice. À l'affût du moindre prétexte pour voyager, Louise avait voulu y aller. Même si c'était pour l'enterrement d'une cousine éloignée qu'elle n'avait rencontrée qu'une fois dans sa vie. Mais sa mère n'aimait pas qu'elle manque l'école. Résultat : Louise était restée à la maison avec son père.

Elle adorait qu'on lui raconte les histoires de la famille de sa mère. Et comme celle-ci avait une tendance naturelle à dramatiser, c'était une conteuse très douée.

– Eh bien, dâââârling, quand ma tante Alice était plus jeune, c'était une vraie beauté. Une actrice pleine de talent, commença Mme Lambert.

Louise contempla de nouveau la vieille dame à tête de caniche accrochée dans son cadre poussiéreux surchargé d'ornements.

– Vraiment ? s'étonna Louise, incrédule.

Elle avait déjà entendu des bribes de cette histoire. Mais comment imaginer d'après cette peinture une personne qui aurait moins de quatre-vingt-dix ans ? Tant pis, elle devrait croire sa mère sur parole.

– Mais oui. Elle était plutôt célèbre à son époque.

– Elle a l'air trop cool. J'aurais bien voulu la rencontrer.

– C'était une forte personnalité, c'est sûr, soupira Mme Lambert. Sa vie aurait pu faire l'objet d'un film. Tout à fait. Même si je n'ai appris toute la vérité que la semaine dernière.

– Qu'est-ce que tu veux dire ? demanda Louise, étonnée qu'un membre de sa famille eût vécu une vie digne d'un film.

Sa rêverie fut interrompue par le son étouffé d'une sonnerie de téléphone provenant de sa chambre.

Mme Lambert regardait dans le vide, perdue dans ses pensées. Elle était dotée de cette capacité qu'ont les rêveurs à s'y perdre complètement, tout comme Louise.

– Ça, ma chérie, ça devra attendre que tu sois un peu plus grande.

– Alors je peux quitter la table, s'il te plaît ? demanda Louise, préférant traiter par le mépris le fait que sa mère l'estimait trop jeune pour tout savoir sur sa propre famille. Je parie que c'est Brooke qui m'appelle. On a une tonne de devoirs en maths ce soir.

Louise quitta la table. Elle fila dans sa chambre rappeler son amie, afin qu'elles terminent leurs devoirs ensemble au téléphone.

Cela ressemblait effectivement à un jeudi comme les autres.

CHAPITRE 4

– J'ai trop la trouille ! Et si Kip ne me demande pas d'être sa cavalière au bal ? Qu'est-ce qu'il attend ? gémit Brooke dans son téléphone. C'est dans moins d'une semaine, quoi !

Louise imaginait Brooke dans sa chambre comme si elle y était : en train de se vernir les ongles de pied, télé allumée, livre de maths sur les genoux. Son amie faisait toujours au moins trois choses à la fois ! Elle entendait en fond sonore les rires préenregistrés d'une série bas de gamme.

– Il le fera, la rassura Louise. Mais moi ? Toi, au moins, tu as deux possibilités.

Elle tortillait entre ses doigts le cordon rouge déjà bien emmêlé de son téléphone.

Mme Lambert était convaincue que l'usage d'un téléphone portable provoquait le développement de tumeurs au cerveau. Ses parents lui avaient donc installé une ligne fixe personnelle dans sa chambre. Son téléphone (acheté sur eBay) avait la forme d'une grosse bouche pulpeuse, copie d'un appareil qui l'avait fascinée dans un film des années quatre-vingt complètement nul.

– Je parie que Todd Berkowitz va t'inviter, ironisa Brooke.

Louise leva les yeux au ciel. Todd était… eh bien, Todd. Tout d'abord, il avait la même taille que Louise. Traduisez : pas très grand. Plutôt boutonneux, quoique cette année Louise avait l'impression qu'il avait trouvé le bon traitement dermato. Il se baladait avec un sempiternel sweat-shirt à capuche et un jean dix fois trop grand. Il ne descendait quasiment jamais de son skate-board adoré, même dans les couloirs du collège, au grand dam des profs. Louise était à peu près sûre que Todd craquait sur elle depuis un an, et que tout le monde le savait. Elle était plutôt ravie mais en même temps trop gênée : c'était le premier garçon de sa connaissance qui s'intéressait à elle. Il n'était pas trop mal, en tout cas par rapport aux autres garçons du collège. Mais comparé aux stars de cinéma qu'elle idolâtrait, Todd n'était vraiment pas à la hauteur – littéralement.

Il n'était en rien le cavalier dont elle rêvait pour le bal, ni pour son premier baiser. Dans les films qu'elle se faisait dans sa tête, elle imaginait quelqu'un de plus grand, à la carrure plus large, d'une beauté plus classique, plus virile. Et à vrai dire, plutôt en noir et blanc. Comme James Dean dans *La Fureur de vivre*. En comparaison, la banalité de sa vie la plongeait dans des abîmes de désespoir.

Louise alla voir Marlon, son poisson rouge, et lui versa quelques flocons orange de nourriture dans son aquarium.

Au point où elle en était, cela resterait sans doute sa seule manière de se rapprocher de Marlon Brando, peut-être le plus grand acteur de tous les temps. Elle avait adoré *Sur les quais* ou *Un tramway nommé désir*. Un poisson rouge... lamentable. À bien y réfléchir, tous ces films qu'elle regardait avec sa mère lui semblaient parfois plus réels que sa vraie vie.

– On pourrait changer de sujet, s'il te plaît ? implora Louise en guise de réponse, c'est trop gênant.

– Lou, tu dramatises vraiment tout ! Eh, et moi, qu'est-ce que je fais avec Kip ?

Louise secoua la tête... en parlant de tout dramatiser...

– Bon, tu connais la réponse à l'exercice numéro six ? préféra-t-elle demander à son amie.

Cette nuit-là, Louise rêva du bal. C'était bien celui des cinquièmes, mais rien n'avait l'air normal. Le gymnase s'était transformé en salle de danse. Tous les visages étaient à la fois étrangement familiers et étrangement différents. Ils ressemblaient à ceux de ses amis, mais ce n'était pas eux. Louise réalisa qu'elle ne devait pas être à la bonne soirée pile au moment où un garçon avec un sweat-shirt à capuche noir passa devant elle sur son skate. Elle courut après lui en criant « Todd ! », espérant qu'il lui indiquerait où aller. Mais il ne se retourna pas. Comme si elle n'était pas là.

Louise se réveilla en sursaut. Elle jeta un œil à son radio-réveil : la lumière rouge indiquait 2 h 20. Pourquoi était-elle si stressée à l'idée de ce bal ? À quoi voulait-elle échapper ? Elle ne pensait qu'à ça ! Elle se tourna dans tous les sens le reste de la nuit. Elle n'avait dormi que cinq heures quand son réveil sonna à 7 h 17 le lendemain matin. Une nouvelle journée de cours se profilait.

Louise s'extirpa de son lit. Elle retira son immense tee-shirt de nuit Gap pour se glisser dans son pull vintage préféré en cachemire lavande, qui n'avait qu'un minuscule trou de mite au coude, son Levi's délavé à la perfection et des Converse rose flashy. Elle tira ses cheveux en arrière et les coinça en chignon avec un chouchou bien serré, sans laisser à la moindre boucle la chance de s'évader.

Elle prit un autre cliché avec son Polaroïd, l'étiqueta « 15 avril » et l'observa se développer lentement. Rien. Pas de changement. Excepté deux cernes sous ses yeux qui lui donnaient l'air hanté. La journée avait à peine commencé, et elle était déjà épuisée.

Comme chaque matin, elle arracha une page à son calendrier horoscope du signe de la Vierge, dans l'espoir de découvrir une prédiction excitante. Aujourd'hui elle eut droit à : « Vous allez entreprendre un intéressant voyage. Restez vous-même et savourez l'aventure ! » Ah ha ! Peut-être arriverait-il quelque chose dans le bus scolaire qui passerait dans vingt minutes ?

– Bonjour, ma chérie, l'accueillit Mme Lambert avec affection, sur un ton étonnamment plein d'entrain pour une heure si matinale.

La mère de Louise insistait pour que celle-ci mange tous les jours avant de partir. Armée d'une cuiller en bois, elle touillait avec énergie une mixture dans une casserole en inox quand Louise pénétra dans la cuisine. 7 h 30, c'était trop tôt pour avoir faim. Chaque bouchée de porridge était une torture absolue.

– B'jour, marmonna-t-elle en s'installant au comptoir.

Elle se mit à tripoter distraitement son assiette de fruits frais avec sa fourchette. Son père était déjà devant son café et le *New York Times*, tiré à quatre épingles dans son costume de chez Brooks Brothers assorti d'une cravate rayée. Si d'aventure vous aviez cherché le mot « avocat » dans le dictionnaire, vous auriez eu toutes les chances de tomber sur un portrait de Robert Lambert : cheveux poivre et sel à la coupe parfaite, lunettes cerclées de fer. L'acteur idéal pour le rôle.

– Bonjour, mon poulet, dit-il en levant brièvement le nez de son journal.

Louise n'avait pas la moindre idée de l'origine de ce surnom, mais il lui était resté.

– Un solide petit déjeuner tous les matins, c'est bon pour la mémoire, rabâcha Mme Lambert quand elle remarqua les haut-le-cœur de Louise, qui tentait vaillamment d'avaler un morceau de melon. Ils ont fait des études là-dessus, ajouta-t-elle.

Elle adorait justifier toutes ses règles arbitraires en répétant : « Ils ont fait des études là-dessus. »

Qui étaient ces « ils », Louise n'en avait pas la moindre idée. Sa mère non plus d'ailleurs, elle l'aurait parié.

– Je sais, je sais, grommela Louise. Avec tous les petits déjeuners que j'ai déjà engloutis, je me souviendrai même de choses qui ne sont jamais arrivées.

Elle gémit bien fort, car elle n'était pas sûre de réussir à ingurgiter une seule bouchée de plus.

– Ne fais pas ta maligne avec moi, jeune fille ! lui lança Mme Lambert, incapable de réprimer le léger sourire qui vint craqueler son masque sévère. OK, ça ira comme ça, capitula-t-elle en s'essuyant les mains sur son tablier. Va chercher tes livres. Tu ne veux pas rater le bus une fois de plus, n'est-ce pas ?

Louise resta encore à table un moment, trop gavée et ensommeillée pour bouger.

– Et puisque ta mémoire est si excellente, continua sa mère, tu te souviendras que mes tarifs pour faire le taxi ont augmenté. Maintenant je prends dix dollars pour te déposer à l'école en cas de bus raté.

Sa fille bondit hors de la cuisine.

CHAPITRE 5

– Savez-vous quel jour nous sommes, aujourd'hui ? demanda Mlle Morris devant un étalage uniforme de visages inexpressifs.

Elle était professeur au collège de Fairview depuis des siècles. Même le père de Louise avait enduré ses cours d'histoire. Tout le monde était d'ailleurs à peu près certain qu'ils n'avaient jamais varié d'une virgule. C'était une vieille dame menue avec des jambes maigres comme des crayons et un chignon blanc ultraserré d'où ne dépassait pas le moindre cheveu.

– Alors, quelqu'un ? insista-t-elle, sur un ton qui révélait qu'elle avait abandonné l'espoir, depuis des lustres, d'entendre ses élèves lui répondre.

Silence. Tic. Tac. Tic. Tac. Louise n'avait jamais réalisé à quel point ces pendules étaient bruyantes avant d'avoir Mlle Morris en histoire.

– Aujourd'hui, nous sommes exactement à une année du centième anniversaire du désastre du RMS *Titanic*.

Mlle Morris s'arrêta pour appuyer son effet dramatique (ou pour reprendre sa respiration ?) et attendit une réaction quelconque. Elle portait une robe gris anthracite en laine qui avait l'air de gratter terriblement et d'être très chaude pour la saison. Apparemment, la garde-robe de Mlle Morris ne suivait pas les changements de température.

Tic. Tac. Tic. Tac.

Quel vieux croûton ! Elle est assez vieille pour avoir pu voyager sur le Titanic, songea Louise, déjà morte d'ennui. Mlle Morris était dotée d'une capacité peu commune à rendre barbant le plus intéressant des sujets. Il en devenait aussi fade que la recette à la mode Lambert du pâté aux restes de viande.

– Quelqu'un peut-il me dire quelque chose sur le *Titanic* ?

– Le film était top ! lança Billy Robertson de sa place au fond de la classe.

Mlle Morris l'ignora. Ou peut-être ne l'avait-elle pas entendu ? Elle ne réagissait jamais aux réflexions sarcastiques de Billy.

– Le *Titanic* était de loin le navire le plus luxueux qui ait jamais pris la mer, commença à raconter le professeur de son ton monocorde, quoiqu'un certain éclat dans ses yeux habituellement embrumés semblât prouver qu'elle se délectait de son récit. C'était le plus grand paquebot à vapeur du monde.

Louise balaya du regard ses camarades de classe qui se tortillaient sur leur chaise. La plupart avaient déjà décroché. Elle se mit à dessiner des esquisses de robes imaginaires sur son bloc-notes. Ça commençait à devenir un problème, car de plus en plus, quand elle voulait réviser un contrôle, au lieu d'y trouver ses notes de cours, elle tombait sur des croquis. Ce n'était utile que si l'on voulait passer le concours d'entrée à l'Institut de technologie de la mode !

Que portaient-ils sur le Titanic *?* se demanda Louise. Elle laissa courir son crayon et commença à dessiner ce qu'elle imaginait être la mode de l'époque. Elle esquissa une jupe qui tombait à la cheville dans un drapé souple, avec une taille Empire, incrustée de dentelle. La jupe, ample sur les hanches, allait se rétrécissant vers le bas. Elle ajouta des chaussures à talons bobines avec des brides croisées aux chevilles, qui pointaient sous l'ourlet. Une jolie blouse en dentelle avec un léger décolleté était surmontée d'un chapeau à large bord qui cachait le visage (pour ne pas avoir à le dessiner, c'était le plus difficile). D'où lui était sortie cette idée, elle n'en savait rien. Était-elle seulement historiquement correcte ? Mais en examinant sa création de plus près elle sourit. Pas mal…

Elle fut tirée de son rêve éveillé par la sonnerie, qui la libéra d'un cours d'histoire mortel de plus.

CHAPITRE 6

Quand Louise réalisa que Todd Berkowitz l'attendait à la sortie, c'était trop tard. Il avait appris son emploi du temps par cœur, ou quoi ? N'était-ce pas du harcèlement, puni par la loi dans certains États ? Au moment où elle se frayait un passage dans le couloir encombré, encore hébétée par le ronron somnifère de Mlle Morris, il se précipita sur elle et fit accidentellement tomber ses livres.

Louise regarda ses croquis tout frais s'éparpiller de son bloc-notes et tomber sur le sol en lino couleur vomi, comme dans un film au ralenti.

– Désolé, Louise ! couina Todd, devenant aussi écarlate que son polo rouge trop grand.

Il s'agenouilla pour les ramasser.

– Trop classe, ils sont vraiment bons ! apprécia-t-il en examinant les dessins.

Louise rassembla les feuilles tant bien que mal pour les cacher dans son bloc-notes. Elle n'était pas encore prête à les montrer à qui que ce soit.

– Oh, merci, marmonna-t-elle. Ils ne sont pas terminés.

– Bon, euh…, commença le garçon en se relevant, je me disais que… peut-être que si tu n'allais pas, euh… tu vois, avec quelqu'un au bal…

Il s'arrêta et se mit à faire tourner la roue de son skate entre ses doigts.

Était-ce une question ? Louise attendit. Lorsqu'elle le regarda, elle regretta de se retrouver directement les yeux dans les yeux avec lui, sans avoir à lever un peu la tête. Ah, si seulement il pouvait être un peu moins nabot !

– Tu vois, on pourrait faire du covoiturage pour y aller, ou un plan comme ça. Pour protéger l'environnement.

« Du covoiturage ou un plan comme ça ? » Qu'est-ce que je suis censée répondre à ça ? Au secours !

Elle décampa sur-le-champ, sans prononcer le moindre mot, sans savoir pourquoi. Au milieu du couloir, elle regarda par-dessus son épaule. Todd secouait la tête, perplexe. Puis il monta sur son skate et partit dans l'autre sens, en manquant embarquer Mlle Morris au démarrage.

Louise soupira longuement. Deux fois.

CHAPITRE 7

– Louise ? Est-ce que tu m'écoutes, au moins ? s'indigna Brooke.

Devant son casier, Louise composait le code de son cadenas, perdue dans ses pensées. Elle se voyait en Marilyn Monroe, vêtue de la célèbre robe bustier blanche connue du monde entier, lors d'une soirée fabuleuse à Hollywood. Quoi de mieux pour supporter une journée de plus, copie conforme de la précédente au collège de Fairview ?

– Désolée, qu'est-ce que tu disais ? s'excusa Louise en retombant dans la réalité.

L'image de Marilyn laissa place au joli minois familier de sa meilleure amie.

– J'ai dit, répéta Brooke, que Michael vient de me demander d'être sa cavalière. Mais je ne veux pas lui dire oui. Imagine que Kip me fasse sa demande ?

Louise leva les yeux au ciel. C'était du Brooke tout craché. Elle était gâtée par la génétique : taille mannequin, cheveux blond cendré en cascade jusqu'au milieu du dos, avec des boucles parfaites (pas des frisottis), grands yeux bleu pâle, et une bouche rouge cerise à la charmante moue boudeuse. Un genre de Marilyn Monroe, si Marilyn avait porté des joggings en velours éponge superchics et avait été sérieusement anorexique.

Bref, Brooke Patterson plaisait beaucoup. Et il se trouvait aussi qu'elle était la meilleure amie de Louise. Il faut dire qu'elles étaient pratiquement inséparables depuis le berceau. Leurs pères avaient appartenu à la même fraternité étudiante et travaillaient aujourd'hui dans le même cabinet juridique. Louise espérait secrètement que Brooke et elle seraient ainsi plus tard. Toujours les meilleures amies du monde, avec leurs enfants qui seraient eux aussi les meilleurs amis.

– À mon avis, tu devrais juste lui dire que tu vas y réfléchir. Comme ça, si Kip te fait sa demande demain, tu pourras encore y aller avec lui, raisonna Louise.

D'une certaine manière, c'était simple de donner des conseils à ses amies. Mais dans sa propre vie, elle faisait des choses ridicules et embarrassantes. Comme par exemple s'enfuir à toutes jambes devant le type qui essayait de l'inviter au bal. Elle était encore trop mortifiée pour en parler à Brooke.

– Reste encore vague un moment, conclut-elle.

– Exact, bonne idée, fit Brooke en souriant. Alors, qu'est-ce que tu vas mettre ?

– Je ne sais pas encore, répondit Louise en sortant son invitation à la vente vintage de son sac à dos pour la montrer à son amie. Je trouverai peut-être quelque chose là-bas.

C'était désormais au tour de Brooke de lever les yeux au ciel.

– Louise, si on allait plutôt au centre commercial après les cours ! On pourra acheter quelque chose de normal. Je crois que Nordstrom vient de recevoir un arrivage de Marc Jacobs. On dirait vraiment que tu es restée bloquée à une autre époque. On est en 2011, tu sais !

Son code composé, Louise ouvrit son casier.

– Tu vois ? La preuve ! soupira Brooke.

Le casier de Louise était décoré comme sa chambre. Des photos noir et blanc de Faye Dunaway et Warren Beatty tout jeunes, tirées du film de gangsters *Bonnie and Clyde*, et de Twiggy, la Kate Moss des années soixante, lui souriaient sur l'intérieur de la porte. Elle les avait choisies pour qu'elles lui rappellent que la vie ne se limitait pas au collège. Un monde plus glamour l'attendait quelque part ! Même si pour le moment ce n'était que le fruit de son imagination.

Louise sentit le rouge lui monter aux joues. Elle était un peu pathétique, c'est vrai. Après tout, il était peut-être temps de se réveiller et de commencer à vivre au XXIe siècle.

– Mais c'est pour ça que je vous adore, toi et ton charme bizarre ! s'exclama Brooke en la serrant dans ses bras. Je te vois dans le bus, lança-t-elle par-dessus son épaule. Je suis en retard pour mon contrôle de SVT.

Elle fonça dans le couloir. Louise demeura plantée devant la bulle temporelle de son casier.

Le reste de la journée traîna en longueur, comme c'était souvent le cas le vendredi. Louise montra son invitation à quelques-unes de ses amies en cours de littérature anglaise. Elle était curieuse de savoir si quelqu'un d'autre en avait reçu. Eh non, elle semblait être la seule.

CHAPITRE 8

Louise et Brooke étaient un peu mortifiées de devoir encore prendre le bus scolaire en cinquième, au lieu de se débrouiller toutes seules pour rentrer. Enfin, au moins elles prenaient la même ligne toutes les deux.

– As-tu déjà eu envie d'être quelqu'un d'autre ? demanda Louise, qui feuilletait un vieux magazine tout écorné.

Le bus était bruyant, bourré de sixièmes excités, plus quelques cinquièmes et quatrièmes malchanceux. Brooke et Louise s'asseyaient toujours aux mêmes places du côté gauche, trois rangs derrière le chauffeur. Tout le monde savait qu'il valait mieux ne pas les choisir. Cette petite marque de respect était leur seule compensation à la véritable torture que leur infligeait ce trajet.

– Non, pas vraiment, avoua Brooke avec honnêteté. C'est pas vrai, qu'est-ce qu'elle a sur le dos ? demanda-t-elle en regardant par-dessus l'épaule de Louise, qui venait de passer une photo de Renée Zellweger dans la queue d'un supermarché en pantalon de jogging informe glissé dans des bottes Ugg.

– Il n'y a plus de magie, déplora Louise avec un soupir. Pourquoi cette obsession de nous montrer que « les stars sont comme tout le monde » ? Je préférais quand c'était le contraire. Comme si au réveil elles étaient déjà fabuleuses.

– Et que leur haleine matinale embaumait la fraise, ajouta Brooke, sarcastique. Reviens sur terre, Louise. Tout le monde est fait pareil.

Brooke, un poudrier ouvert dans une main, essayait de se mettre du gloss de l'autre, entre deux nids-de-poule. À ce moment précis, le bus en passa un particulièrement profond.

– Oh, zut ! pesta-t-elle en regardant Louise.

Une traînée rose scintillante descendait de ses lèvres jusqu'à la pointe de son menton. Louise éclata de rire.

– Eh bien, moi j'aimerais être quelqu'un qui ne serait pas obligé de prendre le bus, dit Brooke en essuyant le gloss avec un Kleenex.

– Je ne voulais pas dire totalement une autre personne, précisa Louise, mais plutôt toi, dans une vie différente.

– Hé, Louise ! la héla Billy Robertson depuis l'autre côté du couloir, avant que Brooke ait pu répondre.

La tignasse châtain de Billy lui tombant en rideau sur les yeux, Louise se demandait s'il y voyait quelque chose. Ils étaient dans la même classe depuis la maternelle. Mais pour une raison qui lui échappait, il lui collait aux basques depuis cette année. Et faisait de son mieux pour lui prendre la tête dès qu'il en avait l'occasion.

Fiche-moi la paix, supplia Louise intérieurement. Chaque fois que Billy ouvrait la bouche, en particulier quand il s'adressait à elle, c'était pour sortir des horreurs.

– Pourquoi tu mets toujours ces vieilles fringues usées ? On sait tous que tu vis dans une immense baraque. Tu veux faire croire que t'es pauvre, ou quoi ?

Louise examina son gilet préféré. Le minuscule trou au coude avait soudain pris des airs de véritable gouffre. Pourquoi aimait-elle tant les vêtements vintage ? Sa vie serait tellement plus facile, si elle collait à son époque !

– Oh, la ferme ! le rabroua Brooke du tac au tac. Si tu y connaissais quelque chose en mode, ce qui n'est pas ton cas c'est évident, quand on voit l'immonde pull marron que tu trimballes tout le temps, tu saurais qu'elle ne porte que du vintage. Comme toutes les célébrités aujourd'hui, conclut-elle en lui brandissant une photo de Blake Lively, un gobelet géant de Starbucks à la main, vêtue d'un pull magenta trop grand tout droit sorti de *La Fièvre du samedi soir*, avec des leggings noirs moulants.

Billy baissa les yeux sur l'horrible pull bouloché qu'il avait déjà porté la veille, et sans doute le jour d'avant. Ses oreilles virèrent au rouge écarlate.

– Ah, bah, qu'est-ce que ça peut faire, fit-il d'un ton bourru.

Brooke serra brièvement la main de Louise, et celle-ci sourit à son amie avec reconnaissance.

– Ne fais pas attention à lui, il flirte genre Cro-Magnon, chuchota Brooke. Demain j'aimerais bien aller avec toi à cette vente vintage pour les fashionistas, dit-elle à Louise en adressant un regard appuyé à Billy.

– Génial ! s'exclama Louise en souriant. On pourra peut-être trouver toutes les deux de vieilles robes usées pour le bal !

Elle descendit du bus à l'arrêt suivant, et promit d'appeler Brooke le lendemain après le déjeuner pour s'organiser. Avec un peu de chance, la vieille nouvelle robe parfaite l'attendait à la vente.

CHAPITRE 9

Le samedi, après sa séance de piscine matinale et un déjeuner léger de salade au poulet, Louise alla en vélo retrouver Brooke au centre-ville pour la vente. Le temps était couvert et venteux. Elle essuya la sueur qui lui dégoulinait du front avec la manche de son blouson en denim noir, et continua à pédaler contre le vent.

Pas besoin de penser à son trajet, son vélo le faisait tout seul. Fairview, dans le Connecticut, était une banlieue typique du coin : c'était minuscule. Et Louise y avait vécu toute sa vie. Le centre commercial le plus proche était à trois villes plus loin, le cinéma offrait deux salles de la taille d'un mouchoir de poche et projetait en général des films déjà sortis en DVD. Pour faire quoi que ce soit d'un tant soit peu intéressant et pour se cultiver, il fallait se rendre à New York par le train de grande banlieue qui traversait bois et champs pendant trois quarts d'heure.

Quand elle était plus jeune, avide d'aventure, elle essayait de se perdre en vélo dans les rues. Impossible… la ville était trop petite. Elle avait beau s'escrimer durant des heures, à la fin elle se retrouvait invariablement devant sa porte.

Arrivée devant le panneau de Chapel Street, elle cala son vélo contre un vieux chêne, tout en vérifiant une fois encore l'adresse sur l'invitation. Le 220 Chapel Street était un bâtiment en brique quelconque. Louise avait dû passer devant un millier de fois sans le remarquer. Brooke n'était nulle part en vue. Bah, elle avait dû changer d'avis.

Il n'y avait que de la poussière et des toiles d'araignées dans la vitrine. C'était une farce, ou quoi ? Depuis la rue, le magasin avait l'air fermé et abandonné. La vente vintage pour les fashionistas voyageuses avait-elle déjà plié boutique ?

Elle décida quand même d'ouvrir la porte. À sa stupéfaction, celle-ci céda à peine après avoir été effleurée. Louise pénétra dans la pénombre avec circonspection.

CHAPITRE 10

– Bienvenue ! Entrez ! Marla, nous avons une cliente, quel plaisir !

Une femme aux cheveux d'un roux écarlate, avec un rouge à lèvres coquelicot et un nez épaté surgit de derrière un portant. Elle guida Louise dans la pièce sombre et encombrée.

– Avez-vous une invitation, ma chère ? héla une voix non identifiée depuis le tréfonds de la boutique. Glenda, vérifie qu'elle en a une.

Louise extirpa le carton gravé couleur lavande de la poche avant de son sac à dos et le présenta à Glenda.

Le magasin poussiéreux était bourré d'armoires, de portants pleins de vieux vêtements, et des cartons à chapeaux s'empilaient jusqu'à une hauteur périlleuse. La femme prénommée Marla était partiellement dissimulée derrière un bureau en acajou au fond de la boutique. Le bureau était un véritable chantier. Il croulait sous les papiers, des coupons de tissu et des livres à reliure de cuir.

– Oh, formidable ! gloussa Marla en s'emparant de l'invitation de Louise sans même la regarder, avant de la jeter négligemment par terre, par-dessus son épaule.

Glenda avait les cheveux coiffés en chignon, fait à la va-vite, maintenu à l'aide de baguettes chinoises laquées noir. Elle portait une robe en laine noire sans coupe définie, presque monacale. Elle était exceptionnellement grande. Les bottines victoriennes noires lacées et leurs talons de dix centimètres sur lesquelles elle était perchée rehaussaient son apparence intimidante.

– Jetez un coup d'œil, je vous en prie. Désolée pour le désordre, mais ce lieu est provisoire. Nous allons bientôt déménager, expliqua la femme prénommée Marla.

Elle avait émergé de son bureau, telle une souris minuscule. Ses cheveux châtain-roux très raides descendaient librement sur ses épaules. Le seul trait remarquable de son visage, par ailleurs ordinaire, était une verrue de la taille d'une cacahuète, venue se planter sur le bout de son nez. Louise remarqua que les deux femmes arboraient toutes deux le même médaillon ovale avec le portrait d'un caniche noir, suspendu à une lourde chaîne en or.

Louise avait horreur d'être la seule cliente dans un magasin. C'était trop gênant de se retrouver au centre de l'attention au moment où il s'agissait de farfouiller dans les portants surchargés de vêtements ! Vu qu'elles ne la lâchaient pas d'une semelle, les deux femmes n'arrangeaient rien. Elles s'arrêtèrent quand Louise stoppa pour examiner de plus près une robe froufroutante d'un bleu poudré.

Par chance, Brooke fit irruption dans la boutique avant que la situation ne devienne trop embarrassante.

– Désolée, je suis en retard ! haleta-t-elle en découvrant les lieux avec horreur ou stupéfaction, Louise aurait eu du mal à le déterminer. C'est quoi, cette boutique ? demanda-t-elle en haussant les sourcils. J'ignorais que cet endroit existait.

– Je sais. C'est cool, hein ? fit Louise avec un enthousiasme exagéré, déjà certaine qu'elle n'aurait pas fini de subir les commentaires de son amie.

– Ma chèèèère, avez-vous une invitation ? s'enquit Glenda en détaillant Brooke des pieds à la tête.

Cette dernière portait son uniforme du week-end, un ensemble de jogging violet hors de prix de la marque Juicy Couture.

– Elle est avec moi ! lança Louise d'un ton protecteur.

– Bon, je suppose que ça peut aller, conclut Marla en examinant Brooke d'un air soupçonneux.

– Vous supposez ? persifla Brooke en haussant un sourcil avant de commencer à regarder les portants. Elle n'est pas gênée, celle-là, marmonna-t-elle dans sa barbe.

Il n'y avait d'étiquette de prix sur aucun vêtement, et quand Brooke voulut savoir combien valait une robe de cocktail noire, Glenda et Marla se regardèrent l'air surpris, comme si la question ne leur avait jamais effleuré l'esprit.

– Eh bien, oh, ma foi, je ne sais pas trop. Un dollar. Cela vous paraît raisonnable ? demanda Glenda qui fouillait dans un tas de papiers sur son bureau.

– Non, non, non ! Les choses ont changé, Glenda. L'inflation, la déflation, l'extorsion. Un million de dollars. Cela vous convient-il ?

Louise et Brooke éclatèrent de rire. La robe en satin noire était dans le style des années soixante. Classique, sobre mais assez sexy, elle rappelait les créations du célèbre Halston pour Jackie Kennedy. Elle aurait été parfaite pour un dîner à la Maison Blanche. Mais à un million de dollars, elles s'en passeraient.

– Oups ! C'est trop ? se reprit Marla en rougissant.

– Oublions donc l'argent pour le moment, trancha Glenda. C'est si corrupteur, si inutile entre amies. Nous verrons cela plus tard. Occupons-nous plutôt de dénicher quelque chose de joli pour cette jeune fille.

– Mais, et moi ? protesta Brooke, qui n'avait pas l'habitude d'être traitée comme quantité négligeable.

– Je suis certaine que vous trouverez tout à l'heure une jolie tenue Marc Jacobs hors de prix, au centre commercial, ironisa Glenda avec un clin d'œil, à leur grande surprise.

Ouh là ! Ces femmes étaient douées ! pensa Louise.

Glenda et Marla se mirent à farfouiller dans la boutique, à ouvrir des housses, et entasser sur le sol des pièces inutiles : étoles en vison, robes en laine drapées, et foulards en soie chamarrés. Leur agitation souleva un véritable nuage de

poussière. Complètement absorbées dans leur fouillis, elles laissèrent ainsi un moment de tranquillité à Louise et Brooke pour chercher par elles-mêmes. Louise passait rapidement en revue le contenu des portants.

– Des *hors-d'œuvre* ? proposa soudain Glenda, en écorchant le mot français en « hôôô douououvvvreu ».

Elle venait de réapparaître avec une assiette en argent où trônait un monticule de pâte à tartiner orange fluo, entouré de crackers. Louise regarda la nourriture avec anxiété.

– De la mousse de crabe, annonça Glenda. Marla est célèbre pour cette recette.

– Je suis allergique aux fruits de mer ! mentit Brooke. Ça pourrait, euh… me tuer !

Glenda présenta alors l'assiette à Louise.

– Non, merci, déclina poliment Louise. Je n'ai pas très faim. Je viens de déjeuner.

– Oh, juste pour goûter, ma chère ! insista Marla. Nous avons très peu de patience envers les jeunes filles effarouchées par la nouveauté.

Glenda jeta sur Louise un regard désapprobateur.

– Mais pourquoi cette couleur ? demanda Louise, nerveuse, en prenant un cracker pour le tremper à peine dans la substance étrange.

La mousse était recouverte d'une croûte dure qui faillit casser le cracker, comme si elle avait mariné toute la journée en plein soleil et développé une armure pour se protéger des crackers plongeurs et des filles aventureuses. Ne voulant pas avoir l'air grossière, elle en goûterait juste un peu.

– Une bonne dose de paprika doux, expliqua Marla avec un clin d'œil. C'est l'ingrédient secret. Ne le répétez à personne.

– Promis, dit Louise.

Voilà au moins un secret qu'elle serait capable de garder sans problème !

Elle enfourna le cracker dans sa bouche et mâcha rapidement sans respirer, puis avala. Mais elle sentit quand même la texture crémeuse et l'arôme de poisson de la pâte. Bien qu'elle ne l'ait absolument pas appréciée, elle remercia néanmoins Marla en l'assurant qu'elle comprenait pourquoi tout le monde l'aimait tant. Vu les circonstances, le mensonge, il n'y avait que ça de vrai !

– Merci, ma jolie, répondit Marla, radieuse.

Cette dernière prit à son tour un cracker et le plongea dans la mixture. Il en ressortit enrobé d'un gros tas, qu'elle goba en une bouchée.

– Miam, aaah, délicieux ! s'extasia-t-elle en essuyant les grains de sel du cracker qui s'étaient coincés sur son menton plutôt poilu. Maintenant, s'il vous plaît, revenons à notre shopping.

Louise ouvrit avec précaution la porte d'une armoire couleur ivoire, qui était déjà entrebâillée. Elle était pleine de manteaux imprimés léopard, de fabuleuses chaussures à talons hauts et de robes pailletées or et argent. Un léger éclat rose irisé attira son œil dans les profondeurs de l'armoire. Louise écarta les manteaux de fourrure et les paillettes pour mieux voir.

La robe lui coupa le souffle. Elle était d'un rose poudré parfait. Longue, avec un drapé qui partait d'une taille Empire, rehaussée de fils d'or et de minuscules perles argentées. Délicate et féminine. Personne au collège de Fairview n'en aurait une semblable ! Elle la sortit vivement de l'armoire et annonça qu'elle avait trouvé LA robe.

Glenda et Marla se précipitèrent sur elle, les yeux brillants, excitées de découvrir ce qu'elle avait choisi.

– Vous êtes sûre de vouloir essayer celle-ci, ma chère ? demanda Marla avec de l'hésitation dans la voix.

– Mais bien sûr qu'elle le veut ! intervint Brooke. Lou, elle est géniale. Enfin, pour du vintage.

– Oh oui, j'adore celle-ci, roucoula Louise en pressant le tissu frais et soyeux contre sa joue. Je peux l'essayer, s'il vous plaît ?

– Qu'en penses-tu, Glenda ? Oh, je ne sais pas, je ne sais vraiment pas…, bredouilla Marla en tripotant nerveusement son pendentif caniche.

– Je vous en prie, je n'ai jamais vu une robe pareille. Elle est trop spéciale.

– Vous ne savez pas à quel point, mon petit chou, marmonna Glenda, d'une voix basse et rauque.

Encore une qui avait dû passer sa vie à fumer des cigarettes sans filtre et abuser du champagne ! s'imagina Louise.

– Mais c'est censé être la vente vintage des fashionistas voyageuses, non ? s'indigna Brooke. Comment allez-vous vendre quoi que ce soit ? Autant que je sache, nous sommes vos seules clientes !

Louise se cramponna à la robe. Elle la voulait. Vraiment.

– Touché. Pas la peine d'être agressive, princesse.

Louise examina l'étiquette sur la robe pour tenter d'en trouver le nom du créateur. Il n'en restait pas grand-chose, elle s'était tout effilochée après des décennies de manipulations. Cependant il en subsistait un tout petit bord, encore cousu au col. Elle réussit à discerner les vagues volutes d'un L brodé à l'ancienne.

– Mon initiale, déclara-t-elle. Elle a été faite pour moi, c'est évident !

Les deux femmes échangèrent un regard amusé devant l'obstination de Louise.

– Tu sais, Marla, je pense qu'elle lui irait à merveille. On dirait que Miss Baxter et elle ont exactement la même stature.

– Miss Baxter ? répliqua Louise distraitement, fascinée par la verrue au bout du nez de Marla.

Pourquoi ne se l'était-elle pas fait retirer ? Il n'y avait donc pas de dermatos spécialisés dans ce genre de trucs ?

– Eh bien, c'est la robe de Miss Baxter, ma chère. Nous ne vous l'avions donc pas dit ? demanda Marla, coupant court aux considérations de Louise sur la verrue.

Elle prit la robe des mains de Louise et la tint devant elle pour en évaluer la taille.

– Non, je ne crois pas. Qui est Miss Baxter ? interrogea Louise.

– Ah oui. C'est absolument parfait. Miss Baxter et vous auriez pu être sœurs. Vous avez la même stature. Je pense qu'elle devrait l'essayer. Qu'en dis-tu, Glenda ?

– Oh, attendez ! Regardez, elle est abîmée ! fit remarquer Brooke en faisant courir son pouce et son index le long de l'ourlet. On dirait que ça a été déchiré.

– On peut raccommoder sans problème ! Un petit point par-ci, un petit point par-là… elle sera comme neuve. Enfin, pas tout à fait, c'est du vintage, n'oubliez pas ! Oui, vous devez l'essayer, conclut Glenda en applaudissant brièvement.

Louise approcha le tissu de son nez et le fronça, perplexe.

– Ça sent le poisson.

– Eh bien, ça ne résistera pas à un petit coup de désodorisant pour tissus. Glenda, où l'as-tu mis ?

– Ça sent le sel et l'humidité, comme l'océan, insista Louise.

– Mais ma chère, pourquoi cela sentirait-il l'océan ? C'est idiot ! Essayez-la ! La couleur est tout simplement divine.

Marla tendit à Louise une flûte remplie d'un liquide pétillant et la poussa vers le paravent qui délimitait la cabine d'essayage.

– Détendez-vous ! Goûtez donc ce cocktail. Ne vous inquiétez pas, ma chère, ce n'est que du cidre. Je crois que vous êtes la personne à qui cette robe est destinée, l'encouragea Glenda.

– Et n'avez-vous pas un bal la semaine prochaine ? renchérit Marla.

– Hmm… oui. Mais comment êtes-vous au courant ?

Louise se laissa pousser par Marla derrière le paravent. Son impatience à trouver la robe idéale pour le bal des cinquièmes avait soudain laissé place à quelque chose d'un peu plus stressant. Elle défit lentement les lacets de ses Converse sales, et aurait juré entendre des gargouillis d'appréhension dans son estomac.

– Tout va bien ici, ma chère ? la héla Glenda de l'autre côté du paravent japonais. Avez-vous besoin d'aide ? Marla peut vous boutonner. Elle était l'habilleuse personnelle et la styliste de toutes les starlettes en vogue. Louise Brooks refusait tout simplement de s'habiller si elle n'était pas là.

– Qui ? demanda Louise.

– Oh, personne, ma chère. Allez, venez nous montrer ce que ça donne !

– Dans une minute !

Louise prit une gorgée du liquide pétillant sucré pour calmer son estomac et sentit les bulles lui exploser directement dans le cerveau.

– Vous êtes sûres que ce n'est que du cidre ?

– Ha, ha, ha ! Bien sûr, mon chou ! la rassura Marla.

Louise retira sa veste, fit passer sa robe bain de soleil à pois par-dessus sa tête et se retrouva en dessous et chaussettes sur le parquet froid. Elle retira avec précaution la robe de son cintre en bois et la tint devant elle, contemplant son reflet dans le miroir poussiéreux et craquelé.

La robe était d'un rose parfait : couleur barbe à papa, chewing-gum et Marilyn Monroe. Louise avait l'impression d'être vraiment belle grâce à elle ! Elle se fit un énorme sourire. Le miroir lui renvoya l'image d'une pauvre fille à la bouche bourrée de bagues hyper voyantes. Déprimée, elle revint vite fait à la réalité.

Soupirant, Louise s'empara de la robe rose, glissa ses bras dans les emmanchures et la laissa tomber le long de son corps comme un rideau. Elle entendit le frou-frou du tissu qui se coulait autour d'elle, la soie fluide et le taffetas qui grattait sur sa peau. Dès que la robe fut en place, sa tête se mit à tourner… et tout devint noir. Louise s'effondra inconsciente sur le sol, dans un nuage de soie rosée.

« Je ne comprends pas qu'une femme puisse sortir de chez elle sans s'arranger un peu, ne serait-ce que par politesse. On ne sait jamais, au cas où elle aurait rendez-vous avec le destin. Il vaut mieux être la plus jolie possible pour ce jour-là. »

COCO CHANEL,
créatrice de mode légendaire.

CHAPITRE 11

– Miss Baxter, Miss Baxter ! Réveillez-vous, Miss Baxter !

Louise ouvrit ses yeux, tout collés comme après une longue nuit de sommeil. Elle avait mal à la tête, et l'impression que sa bouche était pleine de boules de coton au goût amer.

– Elle est réveillée ! Ouh là là ! Miss Baxter, vous nous avez fait une de ces peurs !

Une lumière vive aveugla Louise, et elle referma aussitôt les yeux. Son mal de tête était vraiment atroce. Le sol tournait. Et pourquoi avait-elle l'impression qu'une voix d'homme l'appelait Miss Baxter ? Il fallait que cette sensation de vertige s'arrête ! Où était-elle ? Elle essaya de se concentrer. Elle sentit une brise froide, d'un air vif et marin.

– Miss Baxter ? Ouvrez vos yeux, je vous en prie. Prenez un peu d'eau.

Louise obéit à la voix. Elle se retrouva face à un inconnu aux cheveux poivre et sel, avec une barbe blanche et des joues roses. Penché sur elle, il l'éventait avec un journal. À côté de lui se trouvait un homme qui tenait un appareil photo avec un gros flash. Derrière eux, elle découvrit une foule de visages inquiets, sur un fond de ciel bleu éclatant.

– Miss Baxter, vous nous avez fait très peur pendant une minute, répéta l'homme étrange.

Louise discerna un accent anglais. Il portait un uniforme blanc surchargé de boutons et de galons dorés.

– Est-ce que… est-ce que nous nous déplaçons ? demanda Louise.

Elle avait l'impression d'être allongée sur quelque chose de dur, avec des échardes.

– Eh bien, ça vaudrait mieux, répondit l'homme en gloussant. Si nous voulons atteindre New York City…

– New York City ?

– Oui, nous sommes en route pour New York. Vous ne vous en souvenez pas, Miss Baxter ? s'inquiéta-t-il.

– Arrêtez de m'appeler comme ça ! supplia Louise. Qui est cette Miss Baxter ?

– C'est pire que je ne le pensais ! conclut l'homme en uniforme, en sifflant d'un air perplexe.

Il proposa de nouveau de l'eau à Louise et continua à l'éventer avec le journal plié. Louise accepta de boire. Peut-être réussirait-elle à se débarrasser de l'horrible goût qu'elle avait dans la bouche !

– Vous êtes Miss Baxter, Miss Baxter, l'assura-t-il avec chaleur.

Oh, si ce type prononçait ce nom une fois de plus, elle allait se mettre à hurler, c'était sûr !

– Et vous, qui êtes-vous ? demanda-t-elle, déconcertée.

– Eh bien, Miss Baxter, vous ne vous souvenez pas de moi non plus, n'est-ce pas ?

Louise secoua la tête. Comment l'aurait-elle pu ?

– Je suis Edward Smith, fit-il en pointant le doigt vers la plaque d'identité dorée fixée à sa veste. Le commandant de ce navire.

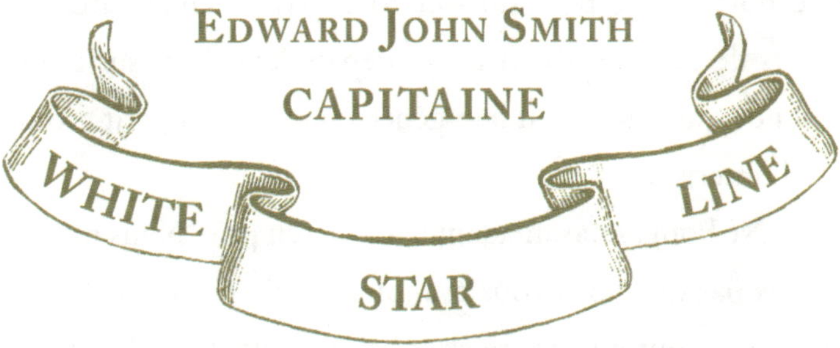

– Nous sommes sur un bateau ?

Le balancement qu'elle sentait commençait à devenir un peu plus logique.

– Oui, madame, répondit-il. Nous avons quitté l'Angleterre ce matin. M. Miller vient de prendre une photo de groupe pour le *Times*, et juste après l'éclair du flash vous vous êtes effondrée sur le pont A. La lumière vive a dû vous affecter.

– L'Angleterre ? répéta Louise, incrédule.

Elle devait rêver. C'était la seule explication possible.

– Oui, Miss Baxter. Mais ne vous inquiétez pas, nous allons embarquer M. Baxter au prochain port, à Cherbourg, en France.

Oh mon Dieu ! Il y avait un M. Baxter ? ! C'était pire qu'elle croyait. Il fallait qu'elle se réveille. Tout de suite. Louise ferma les yeux très fort et se pinça vigoureusement le bras droit. Ça faisait mal.

Elle réalisa qu'elle était allongée sur un transat en bois. Elle portait une robe du soir rose, pas de chaussures. Ses doigts de pied vernis en rouge dépassaient du tissu. Louise tenta de s'arranger, soudain gênée en raison du petit groupe qui l'observait.

– Ne bougez pas, madame, je vous en prie. Nous ne voudrions pas que vous vous évanouissiez de nouveau. Ni que vous vous coupiez avec ce verre brisé, ajouta le commandant en montrant le sol à côté du transat de Louise. William ! Allez chercher quelqu'un pour nettoyer ce verre, immédiatement !

– Oui, monsieur, répondit une voix dans le groupe.

Louise jeta un regard sur sa gauche. Une flûte à champagne en mille morceaux était renversée sur le pont en bois blond.

– William vous aidera à réintégrer votre cabine dès que vous vous sentirez assez forte, décida le commandant d'un ton autoritaire. Je dois retourner à mon poste.

– Hmm… merci… commandant…, murmura Louise en plissant les yeux pour essayer de lire, sur la plaque rutilante, le nom qu'elle avait déjà oublié.

Gênée, elle prit le journal des mains du commandant et le déplia à la première page.

The Times of London

12 Avril 1912

Elle s'évanouit de nouveau.

CHAPITRE 12

Louise avait l'impression d'être blottie au cœur d'un nuage, enveloppée dans des textures délicates et soyeuses. Du coup, elle n'avait pas la moindre envie de soulever les paupières et de mettre fin à ce rêve merveilleux.

Après être restée tranquille un moment, elle entendit un cliquetis rythmé et sentit que quelqu'un la regardait. Ce sentiment inconfortable la força à ouvrir les yeux, pour voir ce qui troublait cet instant de félicité.

– Madame, êtes-vous réveillée ? demanda avec hésitation une voix juvénile à l'accent britannique.

Louise émit un grognement, du genre de ceux qu'on produit lorsqu'on est à moitié réveillé mais qu'on veut faire croire qu'on dort encore.

– Dieu merci ! Oh, Miss Baxter, j'étais malade d'inquiétude ! couina-t-elle.

Quand Louise entendit le nom de Miss Baxter, la réalité lui retomba dessus aussitôt. Elle se souvenait maintenant très nettement de ses derniers moments de lucidité. Sur le pont d'un bateau... à bord d'un navire... il y avait cent ans. *Je dois toujours être en train de rêver*, songea-t-elle, encore dans le brouillard.

Louise était douillettement installée dans un lit de plumes, sous une pile d'édredons outremer et violet qui l'empêchaient de se redresser. Le lit à colonnes supportait des tentures en velours bordeaux.

Elle n'était pas seule dans la chambre. Au pied du lit, une jolie adolescente aux yeux bleus pénétrants tricotait, assise sur une chaise en bois. Une robe grise toute simple d'une autre époque mettait en valeur sa silhouette svelte, et un châle blanc était noué autour de ses épaules. Ses cheveux blond vénitien étaient rassemblés en un chignon bien net.

– Comment vous sentez-vous, Miss Baxter ?

Louise n'en croyait pas ses oreilles. Comment cette fille, qui avait l'air assez vieille pour être au lycée, pouvait-elle l'appeler « madame » ? D'ailleurs, c'était assez difficile à croire qu'on s'adresse à elle de cette manière, puisqu'elle n'avait que douze ans !

– Je vous ai mis vos vêtements de nuit. Cette robe vous serrait trop. J'ai pensé qu'il vous serait bénéfique d'être à votre aise, expliqua la jeune fille, pleine de zèle.

Louise devint écarlate quand elle comprit que la sensation douce et soyeuse qu'elle avait éprouvée provenait du tissu satiné d'une culotte inconnue qu'elle portait. Elle souleva l'édredon pour essayer de mieux se voir. Elle n'avait jamais eu de chemise de nuit en soie de sa vie. Et dire que cette étrangère l'avait déshabillée puis lui avait enfilé cela, c'était trop gênant !

– Vous n'aimez pas la chemise, madame ? Je l'ai trouvée dans votre malle-cabine. Je peux vous en passer une autre, si vous préférez.

– Non ! répondit Louise à toute vitesse, inquiète au son de sa propre voix, un peu étrange, mais très réelle. Je veux dire, euh… non, merci. C'est parfait. Et excusez-moi de vous demander cela, mais… qui êtes-vous ?

– Oh, mon Dieu, le commandant Smith a dit que votre mémoire était un peu embrumée ! Vous ne vous souvenez pas de moi ? s'enquit la jeune inconnue, arrêtant son tricot à mi-rang.

– Je suis désolée, mais… non.

– Je suis Anna Hard, votre femme de chambre.

– Ma… quoi ? hoqueta Louise, choquée. *Qu'est-ce qui se passe, bon sang ?*

– Oui, madame. Ne vous inquiétez pas. Le médecin de bord a dit que vous alliez progressivement retrouver votre mémoire. Il vous faut juste du repos. Il va revenir vous voir dans un petit moment.

– Anna, où sommes-nous ? demanda Louise, effarée, en contemplant la chambre décorée avec élégance.

– Eh bien, nous sommes sur les lignes de la White Star, en direction de New York. N'est-ce pas stupéfiant ?

– Si, je suppose, fit Louise en hochant lentement la tête.

Eh oui, pour être stupéfiant, ça l'était !

– C'est impressionnant, c'est vrai, reprit Louise. Je ne m'attendais pas à être là, c'est tout. Et si ma mère s'inquiète ?

– Votre mère ? répéta Anna, troublée, en se levant de sa chaise. Mais elle sait que vous êtes ici, madame. Elle était sur le quai à Southampton pour nous regarder partir.

Elle posa une serviette mouillée sur le front de Louise et lui tendit un verre en cristal rempli d'eau.

– Je vous en prie, madame, restez au lit. Vous avez besoin de repos.

– Eh bien, peut-être, en effet, fit Louise en replongeant dans les confortables oreillers en plume.

Quel que soit le lieu où elle se trouvait, elle avait en tout cas droit à un traitement de première classe. Et elle se fichait pas mal de rater une journée au collège, où jamais elle ne serait si bien traitée…

– S'il vous plaît, Miss Baxter, restez tranquille. M. Baxter sera bientôt là. Il saura quoi faire.

Louise avait oublié qu'il lui faudrait se dépatouiller avec un M. Baxter dans peu de temps.

– M. Baxter ? interrogea-t-elle, sous le choc. Vous voulez dire que j'ai un mari ?

– Dieu du ciel, non ! lança Anna en éclatant de rire. C'est votre oncle. Il se trouve qu'il est aussi votre impresario, au cas où vous auriez aussi oublié cela. Il a réservé la suite à côté de la vôtre, car votre mère ne trouvait pas correct que vous voyagiez seule à votre âge.

– Merci, mon Dieu, soupira Louise, soulagée.

Elle qui n'avait même pas encore eu de vrai petit ami ! Le mariage n'était absolument pas sur la liste de ses priorités.

– Mais pourquoi ai-je un impresario ? reprit-elle.

– Vous êtes actrice, lui expliqua Anna, comme si c'était une évidence. Comment pourriez-vous aussi vous occuper de votre carrière ? Alors que vous n'avez que dix-sept ans !

– C'est époustouflant ! s'exclama Louise, soudain remontée par une bouffée d'énergie.

Elle venait apparemment d'obtenir tout ce qu'elle désirait en secret !

– Anna, je suis heureuse d'être ici, déclara-t-elle. Je crois que c'est l'endroit parfait pour moi en ce moment.

Anna secoua la tête. Elle semblait amusée et un peu déroutée par son comportement inhabituel, ou plutôt celui de Miss Baxter.

Elle tapota les oreillers de Louise pour leur redonner du gonflant et partit lui préparer une camomille et des toasts, en refermant la porte à clé derrière elle.

CHAPITRE 13

Une fois seule, Louise repoussa vite ses couvertures encombrantes et se leva, tout excitée à l'idée d'explorer sa suite.

La chambre était lambrissée de merisier foncé, tapissée d'un papier peint bordeaux. Une cheminée décorative avec des moulures compliquées en volutes faisait face au lit à colonnes. Dans un cadre doré, une grande nature morte à l'huile représentant des fleurs et des fruits était accrochée au-dessus du manteau. Un petit bureau à cylindre, dans le coin, offrait un assortiment joliment présenté du papier à lettres de la White Star. Louise essaya une méridienne moelleuse. Scarlett O'Hara dans *Autant en emporte le vent* aurait pu parader sur la même !

Elle sentit le parquet froid sous ses pieds nus quand elle alla visiter la seconde pièce. Elle pénétra dans un salon meublé d'un divan, d'une causeuse et d'une paire de fauteuils tapissés d'un tissu à motifs beige et doré. Quelle froideur ! Rien de confortable ou d'accueillant. Un vrai concentré de palais flottant, élégant, riche, et démodé. Louise remarqua qu'il n'y avait ni fenêtre ni accès dans cette pièce non plus. Les panneaux de lambris lui donnaient l'impression d'être dans un cercueil ! Elle laissa courir ses doigts sur la texture veloutée du papier peint en faisant le tour de la pièce.

Louise repéra alors un autre espace plus petit donnant sur le salon. Elle foula un tapis oriental d'un rouge tirant sur le violet et pénétra dans une alcôve qui faisait office de dressing et de rangement. Une coiffeuse croulait sous des flacons de parfum et des pots de crème. Une houppette dépassait d'un poudrier d'un bleu lilas, un peu de poudre répandue autour tels des flocons de neige. Ça sentait comme le rayon parfumerie d'un grand magasin au centre commercial.

Une photo couleur sépia était posée entre les flacons de parfum. Louise prit délicatement le cadre terni en veillant à ne rien renverser.

Elle contempla l'image d'une très belle femme vêtue d'une robe rose, qui serrait un bouquet de roses pâles dans ses mains. Un teint parfait, des cheveux sombres qui cascadaient en boucles délicates sur les épaules et des yeux gris entourés de longs cils : tout en elle évoquait la star du Hollywood d'autrefois.

– Ça doit être Miss Baxter, murmura Louise pour elle-même, tout en replaçant le cadre sur la table avec des mains tremblantes.

Elle poursuivit son exploration des lieux, attirée par la malle-cabine de Miss Baxter, ouverte au milieu de la pièce. En cuir noir, avec un cadenas doré, elle ressemblait plus à une véritable penderie que toutes les valises qu'elle avait jamais vues. Elle était plus haute que Louise, et assez profonde pour qu'elle puisse s'y tenir à l'aise. Cette femme ne voyageait pas léger ! On aurait dit que la personne qui déballait avait été interrompue dans sa tâche, car les vêtements étaient étalés n'importe où.

Qui que fût cette Miss Baxter, sa garde-robe était remplie de vêtements absolument fabuleux ! Des robes en mousseline violette, en soie jaune canari avec rubans couleur pêche jonchaient négligemment le sol. Quelques pièces avaient été pendues à des cintres dans le placard : un manteau de fourrure, une chemise de nuit, et une robe rose copie conforme de celle que Louise avait essayée avec Brooke, Marla et Glenda à la vente vintage des fashionistas voyageuses. Ça avait l'air d'être celle qu'elle portait sur le pont plus tôt dans l'après-midi !

Louise serra de nouveau la robe rose entre ses mains. C'était bien celle qu'elle avait enfilée dans la boutique, pas de doute. Mais toute neuve, sans le moindre accroc ou la moindre tache. Elle eut la chair de poule quand elle approcha le tissu de son nez et respira une odeur de parfum et de poudre. Comme celle de sa mère quand elle s'habillait pour sortir.

Louise ferma les yeux pour humer le tissu une fois de plus et fut prise d'un terrible mal du pays. Comme la première fois qu'elle était partie en colonie de vacances, le premier jour ! Elle avait supplié sa mère de la laisser y aller, mais une fois arrivée là-bas et toute seule dans son lit superposé, elle n'avait eu qu'un seul désir : rentrer à la maison. À ce moment-là, Louise était sûre d'être bien plus loin que ne l'avait été sa colo !

Tout en continuant son exploration, Louise fut attirée par un éclat brillant au fond de la pièce, qui n'était autre que le reflet de la lumière sur un miroir en pied. Elle s'approcha lentement du cadre doré à moulures.

C'était dingue ! Comment pouvait-on la prendre pour cette femme superbe et plus âgée ? Si cette personne était vraiment Miss Baxter, qui pouvait les confondre ? Louise lui ressemblait-elle maintenant ?

Elle examina son reflet avec hésitation une fois de plus et fut soudain envahie d'une vague de déception. Eh non, ce qu'elle voyait, c'était elle-même, en train de se regarder dans le miroir : douze ans, bagues aux dents, cheveux frisottés. *Vraiment ?*

Louise s'accroupit doucement et serra ses genoux contre sa poitrine. Il semblait bien qu'à l'intérieur elle était Louise Lambert, mais que pour tous les autres elle avait l'apparence de Miss Baxter, une somptueuse actrice adolescente. Riche, c'était sûr. Sans doute célèbre. Elle sourit et se mit inconsciemment à enrouler une boucle de ses cheveux entre son pouce et son index. C'était ce qui l'aidait le mieux à réfléchir. Tout cela n'avait aucun sens. Elle s'était réveillée – par quel mystère ? – dans le corps d'une femme qui voyageait en première classe sur une ligne de la White Star. Avec sa femme de chambre attitrée et un oncle/impresario. Partie d'Angleterre, en direction de New York. Il y avait cent ans. Il allait falloir qu'elle réfléchisse comment revenir au Connecticut, et au XXIe siècle… mais pas tout de suite. Elle allait trop s'amuser, aucune raison de se presser.

CHAPITRE 14

– Ma chérie ! Je t'ai manqué ? claironna une voix masculine dans la coursive.

M. Baxter ?!

– Je suis là, ô ma nièce toute précieuse ! N'aie plus aucune crainte…

Louise se releva d'un bond et sortit du dressing. Elle traversa le salon, glissa sur le parquet et plongea dans son immense lit, vêtue en tout et pour tout de sa chemise de nuit vaporeuse. Ça avait beau être le choix d'Anna, elle n'avait aucune envie de rencontrer son impresario dans cette tenue. Elle entendit le crissement d'une clé dans la serrure au moment où elle s'enfouissait dans son tas de couvertures.

La porte s'ouvrit sur Anna, qui portait un service à thé en argent. Elle était suivie d'un homme d'âge mûr, corpulent et court sur pattes, habillé d'un pantalon kaki au pli impeccable et d'une veste bleu marine avec cravate. Dégarni sur le sommet du crâne, il compensait ce manque de cheveux par une moustache en balai-brosse et des sourcils broussailleux.

– Je sais tout sur tes aventures en haute mer ! Je suis venu à ta rescousse ! brama M. Baxter.

Louise pointa timidement le bout du nez. Elle commençait à suffoquer sous l'épaisseur de ses couvertures.

– Oh, parfait ! Miss Baxter émerge de son somme. Je t'ai amené le Dr Hastings, qui va t'examiner.

Anna se hâta de draper Louise dans un peignoir jaune d'or en velours épais qui lui donna l'air d'avoir doublé de volume ! Sans parler de la ceinture en satin et du col en dentelle froufroutant absolument hideux. Avant qu'elle ne puisse ouvrir la bouche, Anna l'avait coiffée d'un bonnet en dentelle tout mou, et le lui avait noué sous le menton avec un ruban jaune. Horreur, malheur, c'était trop ridicule !

Grand et mince, le Dr Hastings restait planté sur le pas de la porte, comme un vampire attendant qu'on le prie d'entrer. Il était superinquiétant : cheveux noir corbeau, yeux enfoncés dans leur orbite, joues creuses. Vêtu d'un costume et d'une cravate gris anthracite, il ressemblait plus à un croque-mort qu'à un médecin. Il s'approcha du chevet de Louise et se pencha vers elle pour apposer le dos de sa main sèche et froide sur son front.

– Brrrrouououmpf, marmonna-t-il en guise de présentation, avant d'extraire un abaisse-langue de sa sacoche en cuir noir. Dites « aaaaah », ordonna-t-il.

Louise ouvrit la bouche ; l'homme s'empressa alors de lui écrabouiller la langue avec le bâtonnet en bois.

– Brrrrouououmpf, très intéressant ! conclut le Dr Hastings en remettant l'abaisse-langue dans sa sacoche.

Il en ressortit un stylo lumineux qu'il lui braqua directement dans l'œil droit, puis le gauche, ensuite dans l'oreille droite et l'oreille gauche, sans oublier le borborygme « brrrrouououmpf » à chaque fois. Avec une force surprenante, il pressa sa main sur l'estomac de Louise.

– Aïe ! hurla-t-elle sous la douleur.

– Eh bien, qu'est-ce donc, docteur ? demanda M. Baxter, anxieux. Que veulent dire tous ces « brrrrouououmpf » ?

Le Dr Hastings se redressa et baissa les yeux vers l'oncle soucieux, qui, comparé à lui, ressemblait à l'un des sept nains.

– Les fibres, annonça le Dr Hastings.

– Pardon ? s'étonna M. Baxter.

– Elle souffre d'une sévère déficience en fibres. Cela expliquerait la faiblesse de son estomac et l'amnésie.

– Les fibres ? répéta M. Baxter, interloqué.

– Oui. Il faut qu'elle mange cinq prunes, matin et soir. Je suis certain d'en avoir ici, ajouta le médecin en commençant à farfouiller dans sa sacoche.

– Êtes-vous un vrai médecin ? demanda Louise, sans prendre la peine de mettre des gants.

– Évidemment ! répliqua le Dr Hastings, l'air offensé.

Tandis qu'il continuait à fouiller dans sa sacoche à la recherche des fruits salvateurs, M. Baxter se plaça derrière le médecin et se mit à battre des bras comme un oiseau et à gonfler les joues. On aurait dit un mélange bizarre de poisson-lune et de poulet ! Il prenait ce type pour un charlatan, c'était évident. Louise devint écarlate à force de se retenir d'éclater de rire, mais rien à faire ! Les larmes aux yeux, elle ne put empêcher quelques gloussements d'échapper entre ses lèvres serrées.

Le médecin brandit triomphalement une boîte rouillée portant l'étiquette « prunes au sirop ». Ses yeux devinrent alors pour la première fois animés et pétillants.

– Ça fera l'affaire ! s'exclama-t-il. Je prédis un rétablissement total en deux jours.

– Des prunes au sirop ! C'est parfait, docteur ! apprécia M. Baxter avec conviction en lui tapotant le dos, très enthousiaste, tout en envoyant force clins d'œil à Louise.

Le Dr Hastings grommela une fois de plus en guise d'adieux et se coula hors de la cabine.

– Eh bien, au moins il n'a pas essayé de te soigner avec des sangsues, plaisanta M. Baxter en examinant la boîte de prunes déposée sur la table de nuit.

– Ah, oui, répondit Louise, qui n'avait pas trop compris le trait d'humour, après ce médecin qui lui avait fichu la chair de poule.

À cet instant précis, un homme séduisant, cheveux blonds plaqués en arrière et vêtu d'un costume trois pièces à l'ancienne gris anthracite, passa sa tête par la porte entrebâillée.

– Miss Baxter, très chère ! J'ai appris que vous ne vous sentiez pas très bien cet après-midi. Je voulais voir comment vous alliez.

– Benjamin ! le salua M. Baxter avec chaleur en tendant la main au séduisant étranger. Elle va très bien. Merci de prendre de ses nouvelles. Quoique je ne sois pas persuadé que ce soit le meilleur moment, car Miss Baxter essaie de se reposer.

– Même mal fichue, vous êtes toujours ravissante, glissa Benjamin à Louise avec un clin d'œil.

Louise s'empourpra. *Ce type vient-il de me draguer ?* se demanda-t-elle. À moins qu'elle ne soit complètement à côté de la plaque, ce Benjamin lui faisait la cour, c'était sûr. Alors qu'elle devait avoir l'air d'un poussin obèse. Anna n'avait-elle donc pas compris qu'il était impossible d'avoir l'air séduisant dans ce machin jaune ?

– J'espère vous voir tous deux au dîner ce soir. Je vous en prie, Miss Baxter, n'hésitez pas à me faire appeler si vous avez besoin de quelque chose. De quoi que ce soit.

– Merci, fit Louise avec un signe de tête.

Elle se décida à sourire après un long moment, toujours sous le choc.

M. Baxter se hâta de raccompagner Benjamin à la porte, comme un père surprotecteur. On aurait dit qu'il voulait s'en débarrasser le plus vite possible !

– Ce Guggenheim, quel mufle ! marmonna-t-il dès que le visiteur eut quitté la cabine.

Guggenheim ? Comme le musée ? Oh là là ! Louise espérait bien le recroiser vite fait ! Le médecin était bizarre, c'était sûr, mais ça avait été largement rattrapé par Benjamin Guggenheim ! Enfin ! Elle avait rencontré quelqu'un digne d'intérêt, et pas qu'un peu…

– Ce serait peut-être l'idéal pour toi de sortir de ton lit et de faire un bon repas ce soir. On dit que la cuisine sur ce bateau est incomparable. Nous avons des places fabuleuses dans la salle à manger des premières classes – Jacob et Madeleine Astor, Isidor Straus –, je suis certain que sa femme Ida se fait un sang d'encre pour toi. Ce serait bien que tu fasses une apparition. Comme on dit dans le métier, « que le spectacle continue ! », chantonna M. Baxter en tamponnant délicatement la transpiration sur son crâne chauve avec une pochette rose vif extraite de sa veste.

– Oui, ce serait bien, acquiesça Louise mollement.

Elle tentait de cacher son enthousiasme, alors qu'elle mourait d'envie de se précipiter dans le dressing de Miss Baxter pour s'y habiller avec une de ses fabuleuses robes, avant de feindre de se heurter à Benjamin par inadvertance ! ! !

– C’est merveilleux ! Je te laisse à ta sieste réparatrice. Je te retrouve donc au Grand Escalier, ce soir, à 7 h 30 ?

– Bien sûr, marmonna Louise.

Elle se forçait à parler le moins possible, afin qu’il ne se rende pas compte qu’elle n’était pas la vraie Miss Baxter. Combien de temps allait-elle encore réussir à tromper son monde ? Comment tout cela était-il croyable ?

– Je t’en prie, ma petite cocotte, essaye d’animer un peu la table, la pria M. Baxter, exaspéré. Je ne sais pas ce qui t’arrive, mais tu ressembles à une pauvre fille morose !

Louise leva un sourcil. Il ne savait pas à quel point il avait raison.

CHAPITRE 15

M. Baxter agita son mouchoir rose vif d'un geste emphatique et quitta la cabine. Anna s'affaira immédiatement. Elle rassembla vêtements et dessous, puis alla vite faire couler un bain. Louise descendit de son lit et resta plantée devant, sans trop savoir quoi faire.

– Avez-vous besoin d'aide ? s'enquit-elle.

Anna se paralysa instantanément, les bras débordant de robes du soir qui avaient besoin d'être repassées et accrochées.

– Je vous demande pardon, madame ?

– J'ai dit : avez-vous besoin d'aide ? Que puis-je faire ?

– Vous ne vous sentez toujours pas bien, madame ? demanda Anna, inquiète.

– Si, je me sens parfaitement bien. Mais ça me gêne de rester plantée là alors que c'est vous qui faites tout, expliqua Louise.

Anna s'arrêta et l'observa d'un long regard inquisiteur, comme si elle la voyait pour la première fois.

– Non, je n'ai pas besoin d'aide. Pourquoi ne vous reposez-vous pas ? Je vous prépare un bain.

– Je peux regarder la télé ? demanda Louise, tout en examinant la pièce à la recherche d'un appareil, ou d'un écran plat.

– Qu'est-ce que c'est, la « télé » ? s'étonna Anna, perdue.

– Ah oui… laissez tomber, fit Louise avec un soupir, se rappelant soudain l'époque où elle se trouvait.

Elle ne s'était jamais autant reposée de sa vie. Ça commençait à devenir inquiétant. Si elle avait effectivement la chance de vivre l'existence d'une star, elle n'avait pas la moindre envie de la passer à se barber dans sa cabine !

– Que fait Miss Baxter, au juste ? Euh… je veux dire, qu'est-ce que je fais, d'habitude ? interrogea Louise en retirant son immonde bonnet de nuit.

– Ce que vous faites, madame ? Je ne comprends pas, rétorqua sa femme de chambre, perplexe.

Louise avait envie de lui dire qu'elles pourraient être amies. Et puis, Anna et Miss Baxter n'avaient-elles pas presque le même âge ?

– Ne pourrions-nous pas être amies ? bafouilla Louise.

Quelque chose dans les yeux bleus fascinants de la jeune fille lui rappelait Brooke. Ah ! Elle aurait voulu parler à Anna comme à une vraie amie ! C'était trop dur de penser que Brooke n'était pas à ses côtés dans cette aventure. Elles avaient toujours tout fait ensemble, jusqu'à aujourd'hui !

– Madame ?

– Vous n'avez pas besoin de m'appeler comme ça, gémit Louise.

– Désolée, madame. Je veux dire, Miss Baxter, bredouilla Anna, troublée.

– Aarrgh… Pas comme ça non plus ! Laissez tomber, ça n'a pas d'importance. Appelez-moi comme vous voulez, conclut Louise en abandonnant la partie.

Elle se jeta la tête la première sur son lit en exagérant son plongeon. Elle serra les poings d'énervement, comme un petit enfant capricieux.

– Ah, voilà, je vous retrouve, entendit-elle murmurer Anna. Madame, votre bain est prêt.

Louise se glissa dans la baignoire dorée à pieds fourchus et plongea la tête sous l'eau chaude savonneuse. Oh non, incroyable ! Elle ressortit aussitôt la tête de l'eau, recrachant un mélange d'eau salée et de mousse. C'était de l'eau de mer ! Beurk !

– Anna, excusez-moi de vous dire ça, mais on dirait que l'eau du robinet vient de l'océan ! appela Louise à travers la porte fermée surchargée de moulures ivoire.

– Bien sûr, madame ! répondit Anna. C'est censé être thérapeutique.

Bien sûr ? Louise s'extirpa du bain à toute vitesse et tenta de se débarrasser du mélange poisseux avec la serviette de bain blanche chauffée et moelleuse qu'Anna lui avait préparée.

Apparemment, il lui faudrait un petit moment pour s'habituer à certaines choses... Soudain, elle eut une idée.

– Anna, si vous disposiez d'une journée sur ce bateau pour faire ce qui vous plaît, que choisiriez-vous ? lui demanda Louise en passant sa tête par la porte entrebâillée.

– Tout ce qui me plaît ? fit Anna, excitée, tout en tapotant un oreiller alors qu'elle retapait le lit avec des gestes experts.

– Tout, confirma Louise, excitée aussi.

– Eh bien, j'imagine que j'aimerais acheter un ticket pour la piscine. Croyez-le ou non, il y a une piscine sur ce bateau ! On n'arrête pas le progrès.

– Ça a l'air amusant ! s'exclama Louise.

Elle réalisa brusquement que M. Murphy, son entraîneur, allait littéralement la tuer pour avoir manqué son entraînement. Pourvu qu'elle n'ait pas raté le meeting de Westport ! Elle ne trouverait jamais d'excuse valable.

– Ensuite j'aimerais me relaxer et aller prendre un bain de vapeur aux bains turcs. Il paraît qu'ils ressemblent exactement à ceux du Maroc.

– Ensuite ?

– J'imagine que j'aurais faim, alors j'aimerais déjeuner au Café parisien. Il est censé être la copie conforme d'une vraie terrasse de café à Paris. Jusqu'aux serveurs qui sont français, ajouta-t-elle, un peu hésitante.

– Génial ! s'enthousiasma Louise. J'ai toujours eu envie d'aller à Paris !

– Vous y avez tourné au printemps dernier, lui rappela Anna.

– Bien sûr, se rattrapa Louise à toute vitesse. J'ai l'impression que ma mémoire est encore un peu chancelante.

– Après, j'aimerais peut-être monter un des chevaux mécaniques du gymnase, jouer aux cartes ou faire un tour sur le pont. Quoique je n'aie jamais eu l'occasion d'y réfléchir, bien sûr, ajouta-t-elle hâtivement.

De toute évidence, elle y avait réfléchi, et pas qu'un peu !

– Ça m'a l'air parfait, dit Louise. Miss Baxter, euh, je veux dire moi… je suis riche. Alors profitons-en !

– Vous voulez dire que nous allons vraiment faire tout ça ? Ensemble ? s'étonna Anna, perplexe.

– Bien sûr ! assura Louise. Regardez donc, j'ai passé mon temps à m'évanouir aujourd'hui, ce ne serait pas du tout raisonnable que je passe la journée toute seule.

– Bon, dans ce cas…

– C'est décidé, décréta Louise avec fermeté. Vous voyez, Anna, ça peut paraître étrange, mais avec cette horrible amnésie qui semble m'affecter, j'ai besoin d'un peu d'aide pour me rappeler comment je m'exprime, comment je me comporte. Comment se comporte Miss Baxter, d'ailleurs, euh… je veux dire moi ?

– Je peux vous donner des leçons pour devenir Miss Baxter, proposa Anna après avoir un peu hésité.

– S'il vous plaît. Cela aidera peut-être à stimuler ma mémoire.

– Pour commencer, vous devez énormément battre des cils. Surtout en présence d'hommes séduisants, commença Anna. Appelez tout le monde « dâââarling ». Si vous aimez quelque chose, dites : « C'est tout simplement meeerveilleux ! »

– Meeerveilleux, dâââarling, répéta Louise, pas très sûre d'elle.

– Très bien, complimenta Anna. Mais il vous faut ajouter du panache dramatique à tout ce que vous dites. Souvenez-vous que vous êtes une actrice.

– Tout simplement meeerveilleux, dâââarling ! recommença Louise, avec un peu plus de cabotinage.

– Beaucoup mieux. Comment allez-vous ? demanda Anna, avec un accent anglais snob.

– Comment allez-vous ? répéta Louise comme un perroquet aristocratique.

– Parfait ! Vous serez bientôt de nouveau égale à vous-même, sans même vous en apercevoir !

– Maintenant, voici la question la plus importante : que dois-je mettre ? Allez-vous m'aider à me préparer ? s'excita Louise, trop impatiente d'enfiler de nouveau une des superbes robes de Miss Baxter.

– Je le fais toujours, expliqua Anna en pénétrant dans le dressing.

« Se préparer » était un processus qui n'avait rien à voir avec la routine quotidienne de Louise. Celle-ci consistait en tout et pour tout à enfiler un jean, des baskets et s'appliquer un soupçon de gloss. Elle se retrouva en train de se cramponner à la colonne du lit, les jointures toutes blanches tellement elle se crispait, pendant qu'Anna la comprimait dans un corset. Elle commençait à se sentir comme une saucisse superboudinée ! Anna ignora les plaintes de sa victime. Elle laça le corset si serré que Louise eut l'impression d'avoir une côte cassée.

En s'examinant, Louise se rendit compte que H&M avait lancé le même look cent ans plus tard (mais en un peu moins douloureux !). C'était intéressant de voir comment les concepts qu'elle trouvait modernes étaient en fait des variations sur des pièces anciennes. En y regardant de plus près, elle réalisa que les boutons de nacre raffinés et le travail de la dentelle avaient été conçus pour une pièce unique, et n'auraient jamais pu être produits à la chaîne par une grosse entreprise. C'était un peu triste de constater que les subtilités et la complexité de ce vêtement avaient été perdues avec les années.

Anna l'aida à enfiler la magnifique robe d'après-midi en mousseline violette que Louise avait repérée plus tôt dans la malle cabine. Elle était rebrodée de soie, avec des motifs de brins d'herbe verts et de fleurs rose tendre. Le travail était si délicat qu'il semblait n'avoir pu être exécuté que par des mains de poupée.

– Oh, mon Dieu, c'est une Lucile, murmura Louise en lisant l'étiquette vert pâle avec des lettres noires. Et elle est en parfait état.

– Ça vaudrait mieux, répliqua Anna en aplatissant les plis avec sa main. Elle vous a coûté une jolie somme la semaine dernière.

– Oh, exact, elle est neuve, se reprit Louise.

Effectivement, en 1912, ce n'était pas du vintage !

– Elle sera ravie de vous voir la porter. Vous êtes absolument ravissante dans ses créations.

– Ravie de me voir…, hoqueta Louise. Vous voulez dire que Lucile est aussi sur ce bateau ?

– Oui. Vous ne vous en souvenez pas ? Lady Duff-Gordon et Sir Cosmo sont tous les deux à bord. Ils vont à New York pour ouvrir sa première boutique Lucile en Amérique, expliqua Anna avec patience, comme si elle s'adressait à un enfant de cinq ans pas très futé.

À sa surprise, la robe allait à Louise comme un gant. On aurait dit qu'elle avait été faite sur mesure.

– C'est trop cool, souffla-t-elle, surexcitée.

– Mais non, nous n'allons pas couler, déclara Anna.

– Non, je voulais juste dire qu'elle est vraiment jolie. Ce sera un classique, ajouta Louise en essayant de bien choisir ses mots. Il faut en prendre soin.

Elle fit courir ses mains avec révérence sur le tissu délicat et soyeux. Elle venait de voir une rétrospective époustouflante des créations de Lucile au Metropolitan Costume Institute de New York. Chaque robe était réalisée avec tant de talent, d'efforts et de patience, pour le moindre point infime… Louise avait l'impression de sentir encore l'amour et l'émotion insufflés dans chaque pièce, même après toutes ces années.

– Oui, madame, fit Anna en hochant la tête, tout en regardant Louise bizarrement.

Elle lui tendit un châle en soie violette assorti.

– Vous devriez prendre ceci. L'air est vif.

Louise fut alors vaporisée d'un parfum français musqué, poudrée, puis ajustée dans le moindre détail. Enfin, elle était prête ! Sans avoir eu à lever le petit doigt. Elle se sentait comme une voiture qui venait de passer au lavage automatique.

CHAPITRE 16

Anna et Louise s'engagèrent dans la coursive tapissée de moquette, en tout point semblable à un hôtel de luxe. Les murs couleur ivoire alignaient des rangées d'appliques à supports en cuivre brillant.

– Allons-nous acheter un ticket pour la piscine ? demanda Anna, impatiente.

Après avoir vécu l'interminable expérience de se faire habiller en Miss Baxter, Louise n'était pas tout à fait d'humeur à sauter dans une piscine. Pour la première fois de sa vie, elle venait de se transformer en l'une de ces filles qui ne veulent jamais se mouiller les cheveux.

– Et si nous allions plutôt sur le pont supérieur ? suggéra vivement Anna, qui avait senti le manque d'enthousiasme de Louise.

– Parfait, acquiesça Louise, soulagée.

Anna la conduisit vers un ascenseur à l'ancienne, manœuvré par un moustachu vêtu de l'uniforme de la White Star. Il y avait donc des ascenseurs il y a un siècle ? Ce bateau était plus stupéfiant que le plus moderne des navires de croisière d'aujourd'hui !

– Quelle destination, mesdames ? s'enquit-il avec jovialité.

– Le pont supérieur, je vous prie, répondit Louise avec assurance.

Elle se sentait tellement chic et sophistiquée dans sa nouvelle robe !

L'homme referma la grille en fer forgé, actionna une manette et annonça :

– On monte.

À cette heure de la journée, les ponts du navire étaient bondés de gens qui se flânaient et profitaient du soleil. Des enfants en culotte de laine avec de grosses casquettes couraient dans tous les sens et lançaient des toupies. Des hommes en uniforme promenaient des caniches au bout de longues laisses. Des femmes en petits groupes déambulaient en riant et en potinant. Une vie d'oisiveté, voilà qui ne déplaisait pas à Louise !

En observant autour d'elle, elle remarqua que tout le monde avait l'air de porter un chapeau. Les hommes des chapeaux melon, ou d'autres plus chics en soie. Ceux des femmes étaient bien plus élaborés, avec de larges bords et de longues plumes effilées fièrement dressées. *Elles étaient vraiment cool,* songea Louise. C'était décidé : elle essayerait de lancer la mode au collège quand elle reviendrait.

Elles dépassèrent un rassemblement d'enfants qui riaient aux éclats en jouant à un jeu d'anneaux.

– Midi doit avoir sonné, fit Anna en regardant le soleil haut dans le ciel.

Baissant les yeux sur son poignet, Louise se rappela qu'elle ne portait jamais de montre.

– Miss Baxter, il n'y a pas d'autres femmes de chambre sur le pont A. Les gens vont peut-être trouver cela bizarre de nous voir nous promener ensemble.

– Vraiment ? s'étonna Louise, surprise que cela puisse avoir de l'importance.

C'était trop nul ! Elle avait juste l'impression de faire un tour avec son amie.

– Miss Baxter ! Quelle joie de vous revoir bon pied bon œil par cette belle journée ! la héla une voix féminine inconnue.

Louise releva la tête. Elle avait oublié que des gens qu'elle n'avait jamais vus de sa vie la reconnaîtraient et s'imagineraient qu'elle les connaissait. Une jeune femme accessoirisée d'une débauche de diamants et de saphirs étincelants, vêtue d'une robe verte couleur d'écume qui drapait avec élégance son très gros ventre de femme enceinte, était en train de leur faire signe. Elle était superbe : yeux noisette, petit nez parfait et moue d'enfant boudeuse. Elle ne devait pas avoir plus de dix-huit ans.

– Qui est cette femme ? demanda discrètement Louise à Anna.

– Madeleine Astor, chuchota Anna.

– Madame Astor, lança Louise de sa voix la plus adulte possible. Comment allez-vous ?

– Très bien, merci. Cet air marin fait des merveilles sur l'humeur, ne trouvez-vous pas ? répondit la femme.

Elle ne montrait pas le moindre signe qui aurait laissé penser qu'elle parlait à une fille de douze ans. Avec son chapeau à plumes vertes et violettes, elle ressemblait à un paon content de lui.

– Oui, c'est tout simplement meeerveilleux, ânonna Louise d'un ton sucré, essayant de se souvenir de la leçon d'Anna.

On aurait dit deux actrices dans une pièce dont elle ignorait le texte. Si elle ne mettait pas vite un terme à cette conversation, on découvrirait la supercherie, Louise en était sûre ! Son cœur se mit à battre plus vite.

– Je suis désolée de ne pouvoir bavarder, mais Anna et moi devons nous hâter, dit Louise. Je crois que nous avons rendez-vous avec un cheval mécanique.

Anna gloussa et Louise se mordit la lèvre inférieure pour ne pas rire.

– Oh, je vois. Avez-vous une séance avec ce charmant jeune Anglais, M. McCawley ? demanda Mme Astor en scrutant la mince silhouette de Louise, ou plutôt Miss Baxter. Enfin, vous n'avez pas vraiment besoin d'exercice. Vous êtes si mince que l'on dirait que vous allez disparaître. Je vois que vous avez votre bonne avec vous ?

– L'exercice m'ennuie tellement, fit Louise avec un bâillement exagéré. Mais *mon amie Anna* et moi apprécions une bonne chevauchée. Pas vous, madame Astor ?

– Si, j'imagine, répliqua-t-elle en les regardant toutes les deux d'un drôle d'air.

– Au revoir ! lança Louise par-dessus son épaule alors qu'elles s'éloignaient avec hâte, ayant un mal fou à ne pas éclater de rire.

Mais au bout de quelques mètres à peine, Louise se plia en deux, les mains pressées sur son estomac. On aurait dit qu'on lui tordait les intestins de l'intérieur, comme une serpillière !

– Je vais être malade, gémit-elle en courant vers la rambarde.

Puis elle se mit à vomir. Anna lui dégagea les cheveux du visage et l'abrita des regards curieux des autres passagers qui faisaient mine de se détourner.

En sueur et flageolante, Louise se laissa glisser avec précaution sur le bois du pont. Elle éclata en sanglots, c'était plus fort qu'elle. Depuis qu'elle était toute petite, elle pleurait à chaque fois qu'elle était malade. Elle eut l'impression d'avoir de nouveau cinq ans. Elle voulait sa mère.

Anna s'assit par terre à côté de Louise.

– La première fois que j'ai pris le bateau, j'ai aussi vraiment eu le mal de mer. C'est horrible.

– Oui, acquiesça Louise. Ça doit être ça, le mal de mer…

Mais pour une raison qui lui échappait, elle n'en était pas totalement convaincue. Elle ressentait toujours les effets de la douleur fulgurante qu'elle avait éprouvée à l'estomac. Cela lui rappelait la fois où elle avait eu une intoxication alimentaire, en vacances dans la famille de Brooke. En ce moment précis, elle n'avait qu'une envie : se retrouver chez elle, lovée sur le canapé en train de regarder un vieux film en noir et blanc.

Anna sortit un mouchoir de sa poche et le tendit à Louise pour qu'elle s'essuie la bouche.

– Au moins il n'y a pas de vent ! fit-elle en souriant.

Louise éclata de rire malgré son malaise. Dans quel état serait-elle maintenant si le vent avait soufflé dans la mauvaise direction !

Elles se regardèrent sans arrêter de s'esclaffer.

Le claquement de talons sur le pont en bois les fit sursauter. Elles réprimèrent leurs rires et levèrent les yeux vers les deux personnes qui passaient devant elles bras dessus bras dessous, en pleine promenade romantique. Une femme blonde avec une ombrelle baissa les yeux vers elles et les considéra d'un air offusqué.

Les deux filles se relevèrent et Anna prit la direction du gymnase. Ce n'était pas un malheureux mal de mer qui allait empêcher Louise de profiter de sa journée fabuleuse d'actrice glamour d'une autre époque !

CHAPITRE 17

– Oh là là, cet endroit est trop cool ! s'exclama Louise en découvrant les vélos d'exercice démodés, les rameurs et deux étranges appareils qui ressemblaient beaucoup à un chameau et à un cheval.

Le sol était en carreaux blancs ponctués de cabochons noirs. Les boiseries en chêne auraient plus convenu à une bibliothèque qu'à un gymnase. Un sac de boxe en cuir marron pendait à l'une des poutres en bois au centre de la pièce.

– À quoi peut bien servir ce truc ? demanda Louise, perplexe, en montrant la machine à tête de chameau.

– À faire de l'exercice, bien sûr, expliqua Anna.

Elle jeta un regard à Louise comme si celle-ci venait de tomber de la planète Mars.

– Bizarre, fit Louise.

Anna aurait sûrement eu la même réaction si elle était venue au club de sport de Fairview et y avait découvert un *trainer* elliptique ou une plate-forme de Pilates !

– Bonjour, mesdames ! claironna quelqu'un avec un lourd accent cockney, apparemment dissimulé par un chameau.

Les filles sursautèrent, car elles avaient cru qu'elles étaient seules.

Un petit homme musclé et costaud émergea des jambes arrière du chameau mécanique. Il s'approcha de Louise et Anna, main tendue.

Il portait un polo, un short en coton et des tennis blancs, qui faisaient ressortir son teint très hâlé. Il arborait une moustache en brosse à dents comme Charlie Chaplin, l'acteur préféré de Louise à l'époque du muet.

– Je m'appelle T.W. McCawley, dit-il en leur secouant vigoureusement les mains.

– Je suis Lou… Miss Baxter, se corrigea vivement Louise. Et voici mon amie Anna.

Celle-ci sourit à son nouveau titre.

– Splendide ! Êtes-vous prêtes pour un peu d'exercice ? La matinée a été calme. Plutôt flemmards, les lascars, sur ce rafiot ! se désola T.W. en esquissant un grand geste qui englobait le gymnase désert. Excusez ma franchise, mais ça fait pitié, tout cet équipement moderne qui ne sert à rien !

Louise et Anna hochèrent la tête en silence.

– Bon, vous n'êtes pas vraiment vêtues pour l'exercice, observa-t-il en examinant leurs longues robes. Mais j'attends encore le jour où je verrai une dame qui le sera ! J'imagine que le rameur est exclu. Tout comme la piscine.

– Oh, mais je fais partie de l'équipe de natation ! s'écria Louise.

T.W. et Anna la regardèrent, interloqués, puis T.W. se mit à ricaner.

– C'est ça, c'est ça… et moi je suis dans l'équipe équestre olympique, répliqua-t-il, sarcastique.

Louise devint écarlate d'indignation. Elle ne mentait pas. Si Brooke avait été là, elle aurait répondu d'elle. Mais elle réalisa soudain qu'à cette époque-là les filles ne pratiquaient peut-être pas ce genre de sport, comme elles le feraient cent ans plus tard.

– Je pourrais peut-être tenter ces dames avec un tour de chameau ? C'est comme si vous étiez dans le désert marocain. Il faut simplement y mettre un peu d'imagination.

Difficile pour Louise de se figurer que c'était là l'équivalent, au début du xxe siècle, du tapis de jogging… et qu'elle allait faire du sport dans une authentique robe de Lucile.

– Oui, s'il vous plaît, répondit Anna, euphorique.

Elle enfourcha le cheval mécanique comme si elle avait fait ça toute sa vie.

Louise se hissa maladroitement sur l'autre machine et coinça l'ourlet de sa robe violette dans les étriers.

– Parfait ! hurla T.W. J'aime les dames qui ont du cran !

Il brancha les machines, et les animaux se mirent en mouvement.

Louise éclata de rire. On venait de la qualifier de « dame », et en quoi cela simplifiait-il ses problèmes ? Brooke serait morte de jalousie, si elle pouvait la voir. Elle s'amusait trop pour rentrer tout de suite, mais elle n'avait pas non plus très envie de faire d'autres expériences sans sa meilleure amie.

Les machines stoppèrent brutalement. T.W. attrapa soudain Louise par la taille et la fit descendre du chameau. Louise regarda Anna en descendre comme une gymnaste.

– Vous ne voudrez pas vous épuiser, décréta-t-il d'un ton protecteur.

S'épuiser ? On voyait bien qu'il n'avait jamais assisté à l'entraînement de natation du samedi matin de M. Murphy !

– À demain, donc, mesdames ! s'exclama T.W., toujours aussi jovial.

Après s'être fait plusieurs fois broyer les mains, Anna et Louise quittèrent le gymnase. Jusqu'à maintenant, jouer le rôle de Miss Baxter, c'était bien plus facile et plus drôle qu'elle ne l'aurait cru !

CHAPITRE 18

– Le café est par ici, je crois, dit Anna en ouvrant une porte à double battant. Oups ! Pas vraiment ! lança-t-elle, un peu penaude.

Elles venaient de pénétrer dans la bibliothèque du navire. La pièce était tapissée du sol au plafond de livres reliés en cuir. Une échelle en bois foncé était posée contre un mur, destinée aux étagères du haut.

Installés sur des chaises de bridge vertes devant des tables en acajou, quelques hommes à lunettes feuilletaient des journaux ou des livres. L'un d'eux leva les yeux et haussa les sourcils, sans doute surpris de voir deux femmes dans ce lieu qui semblait exclusivement masculin.

Louise adorait les bibliothèques. Quand elle était petite, elle s'était fixé le but de lire tous les livres du rayon enfant. À cinq ans, ça ne lui faisait pas peur, alors qu'elle avait pourtant encore du mal à lire toute seule. Mais maintenant qu'elle en avait douze et lisait tout le temps, elle se rendait compte à quel point c'était irréaliste ! C'était plutôt triste, et aujourd'hui elle se sentait un peu dépassée.

Elle s'approcha d'une étagère et prit au hasard un roman relié en rouge foncé.

– C'est le livre qui a inspiré l'un des films préférés de ma mère. Judy Garland est incroyable…, commença Louise.

Elle s'interrompit vite. Le film du *Magicien d'Oz* n'existait sûrement pas encore. Mieux valait se taire.

– Anna, ne devriez-vous pas être à l'école ? lui demanda Louise, car elle venait de songer qu'elle-même aurait de gros ennuis si elle ratait ses cours.

– À l'école ? À mon âge ? s'étonna Anna, en haussant les épaules. Vous avez vraiment dû prendre un coup sur la tête. J'ai fini l'année dernière, et depuis je travaille pour vous. Mais j'aimerais me marier bientôt et fonder une famille.

– Quel âge avez-vous ?

Un peu plus, et elle se serait décroché la mâchoire, tellement elle était stupéfaite. Anna devait faire partie de ces gens qui ont vraiment l'air super jeunes, super bien conservés, alors qu'elle devait avoir… la trentaine, peut-être ?

– Dix-sept ans, mais plus pour longtemps. Je vais avoir dix-huit ans le mois prochain. Dans quelques années, je serai une vieille fille ! s'exclama Anna.

Cela fit rire Louise, mais pas Anna.

– Avez-vous un petit ami ? continua Louise, en essayant de rester dans le ton de la conversation.

– Eh bien, il y a quelqu'un, j'imagine, souffla Anna, qui rougit et baissa les yeux. Il travaille sur ce bateau. Nous avons passé quelques moments ensemble. Il est si séduisant !

– C'est génial ! J'adorerais le rencontrer ! s'écria Louise, ravie pour sa nouvelle amie.

Qui cela pouvait-il être ?

– Pssst ! héla une voix de derrière un journal. Pssst !

Louise regarda Anna d'un air interrogateur. Faisaient-elles trop de bruit ?

– Pssst !

Le bruit venait d'une table tout près. L'*Atlantic Daily Bulletin* se baissa et révéla le visage de Benjamin Guggenheim.

– J'espérais vous revoir. Mais c'est vous qui avez pris les devants, j'en suis ravi.

Louise devint écarlate.

– Je n'en avais pas l'intention, se récria-t-elle. Nous passions par là, c'est tout.

– Eh bien, j'en suis fort content. Le croirez-vous, ce navire a son propre quotidien ! s'extasia-t-il en le repliant avant de se lever.

Il allongea le bras pour saisir le coude de Louise. Avec sa mâchoire ciselée et ses intenses yeux verts, il était encore plus séduisant que dans son souvenir.

– Allons faire une promenade, voulez-vous ?

CHAPITRE 19

– Il fait un peu frais. Peut-être pourriez-vous aller chercher un manteau pour Miss Baxter ?

– Oui, monsieur, répondit Anna à M. Guggenheim.

Elle tourna les talons avant même que Louise ait eu le temps de protester. Ils se promenaient sur le pont des premières classes partiellement couvert.

– Eh bien, Miss Baxter, je dois l'avouer, j'espérais que nous aurions l'occasion de nous promener ensemble, commença-t-il, alors qu'ils déambulaient lentement sur le pont.

Pourquoi Todd ne pouvait-il pas se comporter un peu comme ça ? songeait Louise en repensant à la scène super gênante de la veille dans les couloirs du collège. *Où est passé le sens de la chevalerie ?*

Louise baissa la tête et se mit à rougir. Elle bouillait, en dépit de la température glaciale. « Frais », comme ils disaient, ce n'était pas vraiment le mot ! Ils longeaient le cercle polaire pour aller à New York, ou quoi ?

– La vue n'est-elle pas merveilleuse ? s'enquit-il, les bras serrés dans le dos.

– Si, répondit Louise. J'adore l'océan.

Le ciel clair sans le moindre nuage réfléchissait le calme infini de la mer d'un bleu céruléen.

Ils marchaient sans se presser, et firent demi-tour à la proue pour reprendre le même chemin. Ce bateau devait faire deux kilomètres de long !

– Et ce navire est vraiment la quintessence de l'opulence, n'est-ce pas ?

– Oui, tout à fait, approuva Louise avec enthousiasme.

Mais en son for intérieur, elle devait bien admettre qu'elle commençait à trouver le temps long. *Ces gens ont-ils toujours un mot à dire sur tout et n'importe quoi ?* Elle n'avait jamais échangé autant de politesses et de banalités de sa vie !

– J'adore votre musée, se lança-t-elle, pour diriger la conversation vers quelque chose de plus intéressant, comme l'art, son sujet de prédilection.

Ses parents l'avaient emmenée à New York pour voir une rétrospective de Julian Schnabel au musée Guggenheim l'été dernier. Ça avait été trop magique de descendre cette spirale blanche pour la première fois, éclairée d'une lumière zénithale, en admirant les peintures abstraites les plus belles qu'elle ait jamais vues. Certaines d'entre elles étaient peintes sur des assiettes brisées, d'autres sur des bâches vertes de l'armée, ou encore sur du velours. Elle avait découvert tout un monde, suggéré en quelques coups de pinceaux. Et elle aurait pu rester là-bas pendant des heures.

– Mon musée ? s'étonna Benjamin. Mais à quoi faites-vous allusion exactement, ma chère ?

Oups ! Le musée Guggenheim n'existe pas encore ?

La panique !

– Je suis désolée… je voulais dire… votre château.

Il la regarda de plus en plus interloqué.

– Je veux dire votre… votre… propriété, bafouilla Louise. *Ce type avait bien une propriété, quand même ?* Elle est si belle qu'elle me fait penser à un musée.

Il la considérait toujours d'un air bizarre.

– Merci. Venez la voir un jour, à votre convenance. Nous adorerions avoir votre compagnie.

Nous ?

Ils reprirent leur marche, mais elle ne savait plus du tout quoi dire. Avait-il mentionné sa petite amie avec ce « nous » ? Sa femme ? Sa mère ? Pourtant elle aurait juré qu'il flirtait avec elle. Donc il vivait peut-être encore chez ses parents ? Louise avait froid, elle était épuisée. Et avait juste envie d'être elle-même.

– Pourrions-nous nous asseoir, je vous prie ? lui demanda-t-elle quand ils passèrent devant l'un des nombreux bancs en bois et fer forgé orné répartis sur le pont.

– Cela me semble une merveilleuse idée, fit Benjamin en la conduisant vers le siège.

Ils s'installèrent dans un silence gêné. C'était trop fatigant de faire semblant d'être cette autre fille ! Et finalement pas si rigolo que ça !

Louise sortit de sa rêverie en voyant Anna qui cahotait vers elle tant bien que mal, les bras chargés de velours, fourrure et plumes. Elle était pratiquement enfouie dans cette débauche de matériaux divers.

– Anna ! l'appela-t-elle, ravie et soulagée de voir enfin un visage familier.

Elle se précipita en riant pour aider son amie. Récupéra le chapeau garni de plumes d'autruche qui trônait sur le haut du tas. Puis essaya tant bien que mal de le positionner sur sa tête.

– Vous êtes vraiment une originale, Miss Baxter, dit M. Guggenheim. Souhaitez-vous que je vous accompagne au Café Verandah pour le thé ? Pour moi il est presque l'heure de déguster un cigare au fumoir, avant le dîner.

– Oui, s'il vous plaît, demanda Louise pour couper court.

Anna aida Louise à passer un manteau en velours bordeaux qui lui comprimait tant la taille qu'elle en avait presque envie de vomir ! Les poignets étaient ornés d'opulentes bordures en fourrure. Comme si elle avait deux chinchillas enroulés autour des poignets ! Le manteau frôlait le sol. Difficile de marcher sans courir le risque de s'étaler comme une crêpe !

– Splendide ! complimenta Anna tout en arrangeant avec soin le chapeau et la coiffure de Louise.

Le manteau devait bien peser dans les vingt-cinq kilos, et Louise suait déjà sang et eau sous ce poids invraisemblable. Oh là là, elle était trop ridicule, c'était sûr !

Benjamin leur fit traverser une pièce du genre club anglais, tout en boiseries d'acajou et fumée de cigares, adjacente au Café Verandah.

– Bien, je vais vous abandonner ici, mesdames, salua-t-il d'un geste emphatique avec son chapeau melon gris avant de s'incliner pour faire un baisemain à Louise, fidèle à son personnage. Miss Baxter, je suis impatient de vous retrouver ce soir au dîner.

– Merci, monsieur Guggenheim, dit Louise en souriant.

Il fit volte-face et les laissa. Elle n'avait plus du tout les mêmes sentiments que ce matin, lorsqu'ils s'étaient rencontrés dans sa cabine, et… tant mieux !

CHAPITRE 20

Anna et Louise passèrent de l'autre côté de la cloison de panneaux en chêne vitrés. Le café était spacieux et aéré. La lumière du soleil baignait la salle. Les murs croulaient sous des treillis, recouverts d'un lierre vert vif, qui descendaient jusqu'au sol en carrelage à damier noir et blanc. L'endroit regorgeait d'élégantes qui bavardaient en prenant leur thé, servi dans de ravissantes tasses en porcelaine fine.

– Voici Lady Duff-Gordon, chuchota Anna à Louise en lui indiquant une femme seule tout au fond du café.

Elle était installée dans une chaise en osier tressé blanc, près d'une fenêtre en arcade, avec vue imprenable sur l'océan. Elle leur adressa de grands signes enthousiastes. Louise en resta pétrifiée. Incroyable ! Elle était en train de contempler la créatrice de Lucile ! Une légende ! Et elle était là, en chair et en os.

– Vous devriez prendre le thé avec elle. Je ferais mieux de retourner à la cabine pour finir de déballer les affaires avant le dîner, dit Anna.

Elle pressa alors la main de Louise pour l'encourager. Puis elle quitta la salle sans que Louise ait pu réagir.

Lady Duff-Gordon n'était sans doute pas la plus belle femme que Louise ait jamais vue, mais c'était l'une des plus chic. Elle portait une robe en dentelle vert pastel, semblable à celui d'un pré saupoudré de rosée par une matinée de printemps, structurée à la taille par une ceinture en soie ivoire. Des fleurs en soie, la marque de fabrique de Lucile, décoraient le corsage. Un élégant collier de perles à trois rangs et un chapeau très simple à bord vert complétaient sa tenue.

– Bonjour, Lucile, quel plaisir de vous revoir ! lança Louise, incapable de cacher la légère hystérie dans sa voix.

Lucile était dans le top dix des personnes avec qui elle aurait rêvé de prendre le thé. C'était l'une des créatrices anglaises les plus célèbres du début du XXe siècle, et l'une des préférées de Louise, juste derrière Coco Chanel, Karl Lagerfeld et Vivienne Westwood. Elle avait été l'une des premières créatrices de mode à concevoir des vêtements plus féminins et pratiques pour les femmes, avec des décolletés suggestifs et de longues jupes fendues qui facilitaient la marche. Ainsi qu'une ligne de lingerie qui avait eu beaucoup de succès. Elle habillait l'aristocratie et les plus grandes stars de son époque. Un chapitre entier lui était consacré dans le livre de Louise sur le vintage.

– Je vous en prie, ma chère, tous mes intimes m'appellent Lucy, protesta-t-elle en se levant pour envoyer à Louise des

baisers de loin, sur les deux joues. Du thé ? proposa-t-elle en faisant signe à un serveur qui portait un plateau de scones et de crème.

– S'il vous plaît, fit Louise, ça a l'air tentant.

Et ça l'était vraiment.

– Ce bateau n'est-il pas divin ? lui demanda Lucile, qui effleura de ses lèvres sa tasse en porcelaine délicate. J'adore ma jolie petite cabine, avec son chauffage électrique et ses rideaux roses.

– C'est magique, assura Louise.

Elle n'aurait pas pu mieux choisir ce mot !

Elle essayait de rester assise très droite, sans gigoter sur sa chaise en osier un peu bancale, afin que l'imposante plume d'autruche bleu-vert qui jaillissait de son chapeau ne flotte pas comme un drapeau en plein vent. Mais sans grand succès.

– Comment avez-vous commencé votre activité ? l'interrogea Louise.

Un serveur lui apporta à cet instant une théière sur un plateau en argent. Elle n'avait pas envie de ressembler à un reporter du *Fairview Press*, le journal de son collège, mais c'était plus fort qu'elle. Pas question de laisser passer cette opportunité d'interviewer l'une de ses idoles.

– Eh bien, j'imagine que c'est par nécessité. Après avoir divorcé de mon premier mari, je me suis retrouvée sans le sou. J'ai compris que je ne devrais compter que sur mon talent pour subsister. Je me suis lancée dans une petite affaire de confection de robes, ce qui avait toujours été ma passion. C'est agréable d'avoir un homme à ses côtés, mais, ma chère, on ne peut pas se fier à eux.

– Oui, je suis tout à fait d'accord avec vous.

Louise était ravie de découvrir que Lucy se révélait être une femme cool et moderne avant l'heure.

– Mais comment créez-vous ? insista Louise.

Elle goûta une gorgée de thé English breakfast et choisit un scone au cassis qu'elle fit crouler sous de la confiture de framboises. Jusqu'à maintenant, la nourriture de 1912 était plutôt pas mal !

– Créer, c'est faire de la magie, expliqua Lady Lucy en replaçant soigneusement sa tasse dans sa soucoupe.

Dotée d'un nez fort et de pommettes très marquées, il émanait d'elle un air distingué et aristocratique.

– Mais il y a une raison pour laquelle mes robes sont qualifiées de « robes émotionnelles ». J'aime connaître vraiment mes clientes, et je suis convaincue que leurs robes devraient être une représentation matérielle de leur personnalité. La coupe, la couleur, le style, tous ces éléments doivent être un reflet de la femme qui les porte. Je me vois autant comme une psychologue que comme une créatrice de vêtements.

– C'est stupéfiant, dit Louise, impressionnée, tout en essuyant la confiture qu'elle avait sur la lèvre supérieure. Je vous considère comme une artiste.

– Merci. Je ne veux pas seulement habiller le corps de la femme, je veux habiller son âme, continua Lady Lucy avec emphase. Ce que je cherche pour mes créations, c'est à la fois la vérité et la beauté. Ce n'est pas parce que vous faites la même taille qu'une autre femme que vous devriez porter la même robe.

– C'est merveilleux, s'extasia Louise avec un soupir. Les robes sont, comment dire… personnalisées.

– Bien sûr, ma chère. J'ai passé des mois sur votre robe rose, à tout coudre à la main. Et j'ai le sentiment d'avoir réussi à saisir votre esprit et votre élégance naturelle. Vous êtes absolument charmante dedans.

Lady Duff-Gordon contempla l'océan par la fenêtre, perdue dans ses pensées.

– Peut-être cette création conservera-t-elle toujours en elle un peu de nos deux esprits, reprit-elle. C'est une manière de tromper la mort, ne trouvez-vous pas ? Désolée d'être si morose par un après-midi aussi somptueux.

– Ne vous inquiétez pas, la rassura Louise. Je suis en général plutôt morose, moi aussi.

Passer sa vie au collège de Fairview transformerait n'importe quel être normal en créature dépressive !

– J'ai une idée plutôt inhabituelle que j'aimerais vous soumettre, continua Lucile. J'ai rêvé l'autre nuit d'une parade de modèles qui défilaient en portant mes robes. N'est-ce pas irréel ?

– Comme sur un podium ? demanda Louise, la bouche toujours pleine de scones. Dans un défilé de mode ?

– Euh, oui, répondit Lucile, un peu perdue par les termes modernes employés par Louise. En effet, ce serait une démonstration de mode. Ce serait aussi divertissant que regarder une pièce de théâtre. J'utiliserais des filles superbes, comme des déesses, qui marcheraient vêtues de mes créations et les présenteraient à leur avantage, devant une assemblée de spectatrices qui les admireraient. Exactement ! s'enthousiasma-t-elle en applaudissant.

– Bonne idée, la complimenta Louise en souriant d'un air entendu. Je pense que cela aura un grand succès.

– Je viens de rencontrer deux femmes très spéciales, qui semblaient savoir très précisément de quoi je parlais. Elles veulent m'aider à préparer la première présentation. Comment s'appelaient-elles, déjà ? Glenda ? Marla ? Peu importe…

– Vous connaissez Marla et Glenda ? s'exclama Louise, très excitée.

Sûrement les mêmes que celles qui lui avaient donné la robe à la vente vintage des fashionistas voyageuses ! Elles pourraient peut-être lui expliquer enfin pourquoi elle se retrouvait ici.

– L'une d'elles est grande et rousse, l'autre plus petite et plus discrète. Elles ont toutes les deux un côté sorcière…

– Mais oui, en effet, acquiesça Lucile, ce sont elles qui m'ont parlé de la parade de filles qui défilaient, pendant que nous jouions aux cartes cet après-midi. Des personnes très excentriques ?

– C'est ça, dit Louise. Savez-vous où elles peuvent être ? Où je pourrais les trouver ? C'est très urgent.

– Non, ma chère, elles m'ont dit qu'elles me retrouveraient quand j'aurais besoin d'elles. Très étrange.

– Eh bien, si elles réapparaissent, dites-leur s'il vous plaît que je les cherche. Et merci, ajouta Louise.

Elle sentit un pincement de tristesse en songeant à la culture dans laquelle elle était élevée aujourd'hui. Elle avait du mal à croire à quel point autrefois on avait consacré temps et réflexion à la création de vêtements. Pourvu que la mode ne soit pas un art voué à disparaître !

– Il faut que j'y aille, dit Louise en terminant son thé tiède.

Elle se sentait un peu coupable de laisser Anna seule si longtemps, même si elle passait un moment génial.

– Anna m'attend, expliqua-t-elle.

– Vous m'ouvrez de nouveaux horizons, fit Lady Duff-Gordon, distraite. Je vais réfléchir un peu à tout ça. Je crois que je vais prendre une autre tasse de thé avant le dîner.

Louise se leva avec précaution (toujours à cause du chapeau à plumes démoniaque…) et prit congé. Elle traversa rapidement le café et se retrouva sur le pont avant de réaliser qu'elle devrait s'en remettre à la gentillesse d'étrangers (ou plutôt à celle d'un employé super mignon) pour être raccompagnée à sa cabine.

CHAPITRE 21

Anna l'attendait dans la suite et avait sorti la tenue de soirée de Miss Baxter sur le lit. Elle avait sélectionné une robe du soir bleu nuit très décolletée avec des mancherons en dentelle. Louise examina la robe avec révérence pour admirer le travail de broderie complexe des perles sur le corsage.

– Elle est parfaite ! couina Louise avec délices tout en se débarrassant de son manteau en velours d'une tonne et de son chapeau.

Mais elle n'était pas pressée de se faire de nouveau écrabouiller dans cet horrible corset… seulement on ne lui demanda pas son avis. Anna la laça encore plus serré que la dernière fois. C'était comme si on avait pressé ses organes internes pour les réorganiser différemment. Comment les femmes pouvaient-elles porter ça tous les jours ?

Anna fit passer la robe aux plissés élaborés par-dessus la tête de Louise. Le tissu soyeux froufrouta le long de sa silhouette corsetée et les petites perles bleu marine émirent un infime tintement en cascadant autour d'elle. La robe s'arrêta au niveau du sol, avec une petite traîne rebrodée de perles.

– Oh, mon Dieu, soupira Anna en secouant la tête, désappointée. On dirait que vous avez pris un peu le soleil, aujourd'hui.

Comme si c'était une mauvaise chose ? s'étonna Louise, ravie d'avoir un peu hâlé au mois d'avril.

Anna tartina le visage et les lèvres de Louise d'un épais fond de teint blanc qu'elle prit dans une boîte en métal. Louise jeta un coup d'œil dans le miroir derrière l'épaule d'Anna et fut de nouveau stupéfaite d'y voir son reflet en Louise de douze ans, désormais pâle comme un fantôme. Elle espérait de toutes ses forces qu'Anna ne se retourne pas et ne découvrirait pas elle aussi la vraie Louise. Anna prit un crayon de khôl sombre afin de souligner ses yeux et une brosse pour l'estomper autour. Puis elle appliqua du rouge crémeux sur ses joues et les fit ressortir comme des pommes d'amour. *Apparemment, en 1912, le look clown est branché ?*

Elle enduisit les lèvres de Louise d'un rouge à lèvres couvrant, d'une couleur spectaculaire. Un vrai concentré du Hollywood d'autrefois dans ce petit tube doré ! Puis elle la vaporisa d'un parfum différent, un peu plus fleuri que le précédent. Non seulement Miss Baxter ne pouvait pas porter le même vêtement deux fois de suite, mais il semblait aussi qu'elle ne pouvait pas sentir la même odeur deux fois de suite.

Anna positionna une délicate tiare en diamants dans ses cheveux, qu'elle avait artistement tortillés en un chignon lâche au bas de sa nuque, avec quelques pinces judicieusement placées. Elle était désormais une vraie princesse, ou plutôt une actrice glamour, avec cette couronne et tout le reste.

Anna la détailla avec un air d'approbation et lui tendit une pochette raffinée en résille dorée pour qu'elle y mette son rouge à lèvres et accessoirise parfaitement l'ensemble. *Voilà.*

Louise n'ayant pas la moindre idée de la direction à suivre afin de rejoindre la salle à manger des premières classes, Anna insista pour lui faire un plan sur une feuille de papier à lettres. Pas question d'être en retard au dîner ! Louise quitta la suite et progressa lentement dans les coursives, toute chancelante dans les chaussures en satin bleu à hauts talons, très serrées, de Miss Baxter.

Elle hochait la tête en silence pour saluer les passagers qu'elle croisait. Elle avait du mal à respirer avec son corset, et encore plus à parler. C'était étrange. Ils avaient tous l'air de figurants sortis d'un film d'époque. Les hommes élégamment vêtus de costumes noirs avec hauts-de-forme. Les femmes arborant des coiffures compliquées, certaines portant des jupes qui descendaient au ras du sol, sortes d'abat-jour chamarrés, si resserrées au niveau des chevilles qu'elles devaient se dandiner comme une troupe de canards pour marcher. Drôle de style !

– N'est-ce pas tout simplement divin ? entendit-elle s'extasier une passagère. Avez-vous déjà vu un bateau aussi luxueux ?

Tout le monde semblait aux anges.

Après deux virages à gauche et un à droite, Louise arriva à destination.

CHAPITRE 22

Au sommet de l'escalier le plus majestueux qu'elle eût jamais vu, Louise savoura la lumière du clair de lune qui filtrait à travers le dôme en verre et fer forgé au-dessus de sa tête. Levant les yeux, très impressionnée, elle découvrit la nuit parsemée d'étoiles. De vrais petits paparazzi célestes ! L'escalier était en chêne ciré, orné de motifs en bronze doré. Des peintures de paysages à l'huile dans des cadres à moulures décoraient les murs du palier. Un chérubin en bronze sur la rambarde centrale brandissait une lampe. Elle se sentait super belle et spéciale, en descendant les larges marches dans cette robe. Comme si elle était vraiment Miss Baxter, ce soir.

– Aaah, Miss Baxter ! brama son oncle au bas des marches. N'êtes-vous pas une vision réconfortante pour des yeux las ?

Louise rougit sous tous les regards qui se levèrent vers elle. Un homme en queue-de-pie noire qui passa à côté d'elle émit un discret sifflement. *C'est dingue, je suis une star de cinéma !* Elle n'avait pas l'habitude que les hommes – enfin, les garçons – la remarquent pour sa beauté. Elle termina sa descente avec précaution, persuadée qu'elle allait trébucher d'un instant à l'autre à cause des hauts talons de Miss Baxter et se retrouver totalement humiliée. Mais avec un peu de patience et l'aide de la rampe, elle atteignit le rez-de-chaussée sans encombre.

Louise regarda sa main sur la rampe et eut le souffle coupé. Elle avait à l'annulaire une sublime bague en diamants et saphirs. Elle l'examina de plus près et resta bouche bée devant le magnifique éclat des pierres. La portait-elle depuis le début ? Quelle angoisse de ne pas l'avoir remarquée plus tôt ! Et maintenant, elle avait l'impression que sa main pesait des tonnes sous le poids du bijou ! Cette bague était spectaculaire, mais elle ne lui appartenait pas. Louise comprit soudain que ce n'était pas sa vie qu'elle vivait en ce moment… Elle abandonna bien vite ces considérations et saisit la main tendue de M. Baxter. Il était tout pomponné pour le dîner, en costume de soirée avec nœud papillon blanc et derbys noir et blanc. On aurait dit qu'il avait graissé sa moustache à la Charlot pour l'occasion. Elle se terminait à présent en deux petites pointes parfaitement symétriques.

– Avez-vous un souci avec votre hanche ? s'inquiéta-t-il, car elle se cramponnait très fort à son bras et claudiqua en franchissant les portes à double battant de la salle à manger.

– Oh, non, ma hanche va très bien, répondit Louise à la hâte, plutôt embarrassée. Mais je ne suis pas encore habituée à ces chaussures.

Combien de temps allait-elle encore réussir à se faire passer pour Miss Baxter avant qu'on ne découvre qui elle était vraiment ?

CHAPITRE 23

Apparemment, le dîner était l'événement social le plus important de la journée durant cette croisière. Les dames avaient déployé un arc-en-ciel de robes du soir, et les messieurs étaient tous en costume sombre très chic, semblables à ceux où l'on glissait une montre gousset. La salle resplendissait grâce au somptueux lustre en cristal suspendu au centre, dont la lumière se reflétait sur les bijoux des femmes. Louise n'avait jamais vu autant de diamants de sa vie. La gigantesque salle couleur crème qui semblait occuper toute la largeur du navire lui était étrangement familière. Comme si elle y avait déjà été elle-même.

M. Baxter la conduisit à travers le dédale des tables nappées de lin blanc immaculé qui mettaient en valeur la vaisselle en fine porcelaine blanche à liseré bleu cobalt et doré. De grands vases, eux aussi en porcelaine, faisaient office de centre de table, débordant de jolies jonquilles jaunes, fraîches comme si elles venaient d'être cueillies. Un orchestre à cordes de violons et violoncelles divertissait les passagers, composé de musiciens en veste du soir blanche avec nœud papillon.

– Lucy ! Cosmo ! héla M. Baxter en se frayant un chemin dans leur direction.

– Quel plaisir de vous revoir, ma chère ! s'exclama Lucile. Et vous, Henry, vous êtes superbe !

Le couple se leva et tous échangèrent des baisers aériens avec des gestes théâtraux. Lucy portait une robe du soir de sa création, en soie blanche, rebrodée de dragons dorés et chamarrés. *Trop top !* songea Louise. Ses cheveux châtain étaient tirés en arrière en une torsade compliquée retenue par un peigne bijou. Quelques boucles libres encadraient son visage.

– Des fraises en avril, et en plein océan ! Tout cela est absolument phénoménal. On se croirait au Ritz ! fit-elle remarquer.

Cela expliqua enfin l'impression de déjà-vu de Louise. Elle avait séjourné une fois avec sa mère au Ritz Carlton à Londres, et cette salle à manger était une copie conforme du restaurant de l'hôtel.

– Je suis allée au Ritz une fois avec ma mère, fit Louise sans s'adresser à quiconque en particulier.

Elle aurait bien voulu que sa mère voie cet endroit ! Si elle ne pouvait pas partager cette aventure avec elle, c'était moins amusant, et puis comment saurait-elle si tout ça lui était vraiment arrivé, sans témoin ?

– Miss Baxter, cette robe est divine sur vous ! Il faut que je vous prenne comme modèle ! s'enthousiasma Lucile.

Louise lui sourit timidement. La *vraie* Lucile était en train de lui demander, à elle, d'être un de ses modèles ! C'était trop surréaliste !

– J'adore cette robe. Je suis tellement fan, euh… fanatique de vos créations, bredouilla-t-elle comme une groupie tétanisée, en caressant les perles de sa robe.

– Oh, vous êtes trop aimable ! Il faudra venir à mon nouveau salon de New York. Nous vous ferons des essayages pour de nouvelles robes.

– Vraiment ? s'excita Louise. Trop cool !

– Est-ce une nouvelle expression ? s'étonna Lucy en haussant un sourcil parfaitement épilé. Je suis tellement en dehors de tout, ces temps-ci ! Je sors à peine de mon atelier.

– Je crois que c'en est une, fit Louise avant de refermer la bouche vite fait.

N'importe quoi ! Il allait falloir qu'elle soit un peu plus prudente avant d'utiliser ses expressions favorites trop… contemporaines.

– Oui, je serais ravie de créer d'autres robes splendides spécialement pour vous, assura Lucile.

– Merci, fit Louise par-dessus son épaule, car M. Baxter continuait à la conduire à travers le dédale de tables jusqu'à la leur.

Louise était la fille la plus chanceuse du monde, c'était sûr ! Elle aurait juste eu envie de partager ce moment avec quelqu'un.

CHAPITRE 24

– Madame Astor ! lança M. Baxter à la femme que Louise avait rencontrée un peu plus tôt sur le pont.

Elle portait une longue robe du soir couleur saumon avec des manches en dentelle et leur faisait des signes enthousiastes, quelques tables plus loin. M. Baxter prit Louise par la main et se hâta de leur faire rejoindre leur place.

Louise repéra le commandant Smith tout au fond de la salle. Il présidait à une table ronde, aux côtés d'une femme qui semblait être son épouse, du premier officier et d'autres hommes en uniforme qu'elle ne reconnut pas.

Elle aperçut le Dr Hastings à une table voisine en compagnie de deux femmes coiffées d'un chapeau à large bord qui leur dissimulait le visage. Il foudroya du regard Louise et M. Baxter quand ils passèrent devant lui à toute allure, visiblement contrarié de voir sa patiente ignorer ses ordres. Les cheveux de Louise se hérissèrent sur sa nuque. Ce type lui fichait la trouille !

– Vous êtes tout simplement merveilleuse, roucoula M. Baxter devant Madeleine Astor tout en l'embrassant sur les deux joues.

– Oh, Henry, vous êtes trop gentil. Je suis aussi énorme que ce navire ! répliqua Mme Astor les yeux brillants, en tapotant son ventre. Miss Baxter, nous sommes tellement ravis de vous compter parmi nous, fit-elle en se tournant vers Louise. Nous craignions que vous ne fussiez pas d'attaque.

Louise sourit en silence. Elle ne savait toujours pas quoi dire à cette femme.

– Oui, elle est un peu patraque, n'est-ce pas, ma chère ? répondit M. Baxter en lui serrant trop fort la main.

– En effet, murmura Louise.

M. Baxter tira une chaise à son intention et elle prit place entre lui et Mme Astor.

– Madame Straus ! Jacob ! Benjamin ! Isidor ! Quel plaisir de vous voir tous à pareille soirée ! s'écria M. Baxter, réjoui.

Louise devint rouge comme une tomate quand Benjamin Guggenheim lui adressa un sourire mielleux de conspirateur. Depuis l'après-midi, elle attendait avec impatience de le revoir, et maintenant elle ne savait plus quoi dire. Elle se contenta d'un calme « bonsoir », puis baissa timidement les yeux sur l'alignement des couverts de part et d'autre de son assiette. Pour la première fois de sa vie, elle se dit que sa mère avait eu raison d'insister pour leurs dîners formels dans leur salle à manger.

– Champagne, madame ? s'enquit un serveur en veste blanche.

– Non, merci, déclina Louise.

– Elle n'a que dix-sept ans ! gronda M. Baxter en chassant l'avancée de la bouteille d'un geste ferme.

– Caviar ? proposa un autre serveur en présentant un plat en argent où s'élevait un impressionnant tas d'œufs noirs luisants.

– Non, merci, répéta Louise.

– Elle a été souffrante, expliqua M. Baxter, levant les mains en signe de défaite, avant de se tourner vers Louise, l'air surpris. Mais tu adores le caviar, lui fit-il remarquer. Qu'est-ce qui t'arrive ?

– Plus maintenant, répliqua Louise.

Il la considéra un moment, incapable de mettre le doigt sur les différences qu'il devait percevoir, puis il avala son champagne d'un trait.

– Miss Baxter, ce bateau n'est-il pas fabuleux ? Bruce Ismay s'est vraiment surpassé, cette fois-ci. Avez-vous déjà vu un luxe pareil ? l'interrogea une femme massive assise en face d'elle.

M. Baxter avait mentionné son nom un peu plus tôt : c'était Ida Straus.

– Non, madame Straus, jamais, acquiesça Louise.

– Nous étions en train de parler de l'un de vos films, dit Mme Astor en se tournant vers Louise, tandis que les hommes parlaient affaires entre eux. Excellent, voilà tout. Vous êtes un véritable talent, ma chère.

– Je vous remercie.

Louise se sentait fière d'être douée. Elle en arrivait à prendre ces compliments pour elle-même !

– Avez-vous quelque projet en cours ? demanda Mme Straus sur un ton de conspiratrice, dans l'espoir de recueillir une confidence savoureuse.

– Je ne sais pas, répondit honnêtement Louise, en prenant son verre d'eau citronnée.

– Eh bien, le cinéma est certes un monde impitoyable, mais vous avez un bon impresario. C'est bien, de travailler en famille, intervint Mme Astor avec un signe de tête vers M. Baxter.

– Buvons à cela, très chère ! s'exclama Mme Straus en levant son verre vers Louise.

Celle-ci eut un hoquet de surprise en sentant un pied déchaussé se mettre à lui caresser la cheville. Bon Dieu, quelqu'un tentait de lui faire du pied ? Elle observa l'assemblée, toujours plongée dans sa conversation sur la politique américaine, comme si de rien n'était. Le pied (qui transpirait) remontait lentement le long de sa robe sur son mollet. Dégoûtée et affolée, Louise asséna un violent coup de talon sur le pied grossier. Comme dans un dessin animé, Benjamin bondit de sa chaise avec un hululement et renversa son champagne dans la soupe au velouté d'orge de Mme Astor.

– Benjamin, qu'est-ce qui vous prend ? s'écria J.J. Astor, tout en essayant d'aider sa femme à extraire la coupe à champagne de l'assiette de soupe.

M. Guggenheim se mit à rosir. Finalement, Louise n'était pas la seule à être gênée !

– Rien, veuillez m'excuser, je viens d'avoir une crampe au pied, se justifia-t-il en adressant à Louise un regard humilié avant de se rasseoir, penaud.

– Comment va notre chère Florette, Benjamin ? s'enquit M. Baxter avec une pointe d'indiscrétion. C'est dommage qu'elle n'ait pas pu faire cette traversée avec nous. Est-elle souffrante ?

– F… Fl… Florette va très bien, bégaya Benjamin.

ÔMONDIEU ! Il a une copine ? ! Ou une femme ? Une Florette ! Quel sale type ! Elle commençait à comprendre le sens du « nous ».

– Transmettez, je vous prie, toutes nos amitiés à votre ravissante épouse. Lui avez-vous déjà envoyé un câble ? La technologie sur ce navire est réellement renversante !

– Il faut absolument que vous veniez au magasin quand nous serons à New York, interrompit Ida. Isidor et moi serions enchantés de vous habiller pour votre prochaine apparition publique ! fit-elle avec entrain.

Elle avait eu l'air de sentir les mauvaises vibrations et s'efforçait de changer de sujet.

– Le magasin ? demanda Louise.

Ouf ! Ida avait trouvé le sujet parfait pour lui faire oublier l'horreur de sa mésaventure.

– Oh, vous savez bien, Macy's, notre magasin, répondit Ida, comme si cela aurait dû être évident pour Louise.

– Macy's est à vous ? s'exclama Louise, incrédule, tout en tartinant de beurre un petit pain chaud.

– Bien sûr, ma chère. Avez-vous pris un coup sur la tête, cet après-midi ? lança-t-elle, très amusée.

– J'imagine, dit Louise.

Brooke serait trop jalouse si elle apprenait que Louise était en train de dîner avec les propriétaires de Macy's ! Elle mourait d'impatience de le lui raconter. Et si sa meilleure amie y était en ce moment même, à la recherche d'une robe pour le bal ?

Après cette conversation, Louise prononça à peine un mot pendant tout le dîner. Elle était encore sous le choc : l'homme super séduisant avec qui elle avait partagé une promenade rasante, mais romantique, il y avait quelques heures à peine était le plus gros hypocrite de tous les temps ! Todd n'était pas le plus charmant ou craquant des garçons, mais au moins il ne menait pas une double vie ! Elle commençait à regretter d'avoir décampé dans le couloir l'autre jour. Il méritait mieux que ça.

Quand le reste de l'assemblée se mit à parler de la loi Sherman antitrust et du monopole de la Standard Oil, Louise décrocha. Elle n'avait pas encore abordé ce chapitre dans le cours d'histoire de Mlle Morris et avait l'impression d'être coincée à un dîner avec les amis de ses parents les plus âgés.

Elle reporta toute son attention sur la profusion de nourriture qui débordait littéralement de la table. Elle n'avait presque rien mangé depuis sa salade au poulet après son entraînement de natation. D'ailleurs, avait-elle vraiment déjeuné dans sa maison du Connecticut un peu plus tôt dans la journée ? Ça lui paraissait remonter à une éternité. Et elle mourait de faim.

Les plats suivants se succédèrent rapidement. Huîtres glacées qui ressemblaient à des limaces gluantes, mais vous donnaient l'impression de goûter la mer en direct. Saumon frais avec du concombre à la sauce hollandaise. Filet mignon grillé à la perfection servi avec des cœurs d'artichauts et des champignons au goût de terre qui s'appelaient des « truffes ». Agneau à la menthe, carottes à la crème et asperges vinaigrette. Chaque plat était servi à part, apporté par une incessante parade de serveurs. C'était le repas le plus élaboré de sa vie. On se serait cru au théâtre ! Et c'était absolument délicieux, même les légumes. La viande était tendre et savoureuse. Et pas une seule goutte de vinaigre de malt à l'horizon ! Au diable les théories de sa mère sur la cuisine anglaise ! Elle mangeait goulûment, comme jamais cela ne lui était arrivé.

– Ma nièce a développé un solide appétit, plaisanta M. Baxter, cherchant à détendre l'atmosphère qui devenait de plus en plus lourde, car les autres dames touchaient à peine à leurs plats et grignotaient du bout des lèvres, comme l'exigeaient les bonnes manières de cette époque.

Il essuyait nerveusement les gouttes de sueur qui perlaient à son front avec sa pochette rose déjà trempée. *Miss Baxter ne bâfrait sûrement pas comme un cochon*, songea soudain Louise, mais c'était plus fort qu'elle.

– Ooh, je vais garder cela pour Kitty ! s'exclama Mme Astor.

Elle glissa dans sa pochette de soirée brodée de perles argentées une côte d'agneau enveloppée dans une serviette de table.

– Très chère, c'est totalement répugnant ! s'écria M. Astor en gloussant de rire.

– Qui est Kitty ? demanda Louise, après avoir englouti une divine bouchée de purée de pommes de terre.

– Allons, voyons, c'est notre chienne airedale. Je suis sûre que vous l'avez déjà vue. Je suis folle de cette bête, roucoula Mme Astor.

– Elle mange de meilleures choses que moi ! se moqua M. Astor.

Pour le dessert, un serveur apporta un chariot d'assortiments. Personne n'était là pour expliquer à Louise qu'elle ne devait choisir qu'une toute petite chose, qu'elle avait déjà assez mangé. Seul M. Baxter aurait pu lui en glisser un mot, mais il contemplait muet de stupéfaction cette frénésie alimentaire.

Louise avait choisi un gâteau au chocolat honteusement riche, qui était proposé en majesté sur le haut du chariot. Enfournant une grosse bouchée, elle découvrit que le centre en était chaud et visqueux, comme de la pâte à brownie. Il était accompagné à la perfection d'une boule de glace aux gousses de vanille. À chaque bouchée, le corset de Louise la comprimait un peu plus. Comment les femmes pouvaient-elles manger, affublées de ce genre de truc ?

Portant à sa bouche la dernière cuillerée succulente de chocolat gluant, elle dut se rendre à l'évidence : elle souffrait. Intensément, de partout. Elle s'adossa à sa chaise et posa les mains sur son ventre corseté. Le reste de la tablée la regardait d'un air soupçonneux, tout en prétendant être absorbé dans diverses conversations.

Louise ouvrit sa pochette de soirée pour se remettre du rouge à lèvres glamour de Miss Baxter. Il faudrait qu'elle trouve le moyen d'en subtiliser un pour le rapporter dans le Connecticut, coûte que coûte ! Il avait une teinte rouge mat parfaite, celle des stars de cinéma. La texture était épaisse et crémeuse. On n'en faisait plus de tels aujourd'hui !

Alors qu'elle farfouillait dans la pochette, elle en sortit une espèce de ticket chiffonné et le déplia.

Quoi ? Mais je suis où ?

– ÔMONDIEU ! NOMDEDIEU ! NOMDEDIEU !!! Nous sommes sur le *Titanic* ? hurla Louise affolée en brandissant le laissez-passer.

La table devint silencieuse. Les regards convergèrent vers elle. Puis tous éclatèrent de rire, comme si c'était la plaisanterie la plus drôle du monde.

– Bien sûr, ma chère. Quelle actrice stupéfiante, n'est-ce pas ? s'exclama M. Baxter. Je suis heureux d'avoir pu signer un contrat avec elle !

Il engloutit une généreuse goulée de champagne.

– Vous êtes vraiment un phénomène ! gronda Benjamin Guggenheim entre deux hoquets de rire.

Et toi, tu es un faux-cul hypocrite ! eut envie de lui hurler Louise à la figure. Mais elle s'abstint. Ça n'avait vraiment plus d'importance en comparaison de la révélation hyper-inquiétante qui venait de lui tomber dessus. Elle posa le laissez-passer sur la table, les mains tremblantes.

– Je vous prie de m'excuser, dit Louise qui n'oubliait pas ses manières, même dans les plus terribles circonstances. Je dois m'occuper de quelque chose.

Elle se leva de sa chaise en flageolant, encore sonnée d'avoir ignoré qu'elle était passagère du bateau le plus sinistre de tous les temps. Elle se débarrassa des hauts talons de Miss Baxter et partit comme une flèche vers la table du commandant.

Au milieu de la salle, elle entendit M. Baxter l'appeler.

– Alice ! Où vas-tu ? Nous n'avons pas terminé…

Mais elle ne se retourna pas. Elle en avait plus qu'assez de jouer le rôle de Miss Baxter. Et maintenant elle avait peur. Elle continua d'un pas décidé, déterminée à parler au commandant. Ce n'était plus un jeu. Il fallait qu'elle rentre chez elle.

CHAPITRE 25

Le commandant, les joues rosies par le vin, tenait toute sa tablée en haleine avec une quelconque anecdote. Quand Louise arriva devant sa table, il s'arrêta au milieu d'une phrase et la salua chaleureusement.

– Excusez-moi, commandant Smith, je suis désolée de vous interrompre, commença-t-elle, hésitante.

– Miss Baxter, pas du tout ! C'est un plaisir de vous voir rétablie. Comment vous sentez-vous ?

– Très bien, monsieur, répondit Louise lentement.

Elle ne savait plus trop comment formuler ce qu'elle voulait dire, maintenant que tous les yeux étaient braqués sur elle.

– Mais il faut que je vous parle en privé, c'est plutôt urgent, insista-t-elle.

– Laissez-moi vous faire porter un siège, dit-il en faisant un geste au personnel. Je suis certain que rien ne presse par une aussi merveilleuse soirée. Et il vous faudrait littéralement m'arracher à ce soufflé au chocolat, ajouta-t-il en lui montrant son assiette à dessert encore à moitié pleine. Avez-vous déjà rencontré Eleanor, ma charmante épouse ? s'enquit le commandant.

Mme Smith sourit à Louise d'un air blasé. D'un certain âge, elle ne manquait pas de charme avec ses cheveux gris coupés assez court et ses lèvres fines. Elle ressemblait beaucoup à la bibliothécaire du collège de Louise.

– Voici mon premier officier, continua le commandant, William Murdoch. Vous avez fait connaissance cet après-midi.

– Oui, fit Louise avec impatience, mais…

– Je vous en prie, joignez-vous à nous, coupa Mme Smith. Edward m'a dit que vous avez eu une belle frayeur cet après-midi.

– Je vais très bien, répéta Louise, cette fois sur un ton plus ferme. Mais il faut vraiment que je vous parle, sans cela personne n'ira bien.

– Mon Dieu, mais que voulez-vous dire ? Asseyez-vous je vous prie, prenez une tasse de thé. Vous devenez toute rouge, observa Mme Smith.

Comme sur commande, elle sentit la chaleur lui monter aux joues.

– Je n'ai pas le temps de m'asseoir. Venez avec moi. Il faut changer le cap du bateau, expliqua Louise en braquant ses yeux sur le commandant.

– Changer de cap ? s'exclama celui-ci, interloqué.

– Le *Titanic* va heurter un iceberg. Je ne sais pas quand exactement, mais il ne nous reste plus beaucoup de temps.

Louise sentait l'hystérie monter dans sa voix. Les passagers des tables environnantes tournèrent la tête pour essayer de discerner la raison de ce tapage.

– Miss Baxter, baissez d'un ton, s'il vous plaît. Qu'est-ce qui vous prend ? l'interrogea-t-il d'une voix désormais moins cordiale.

– Il faut que vous m'écoutiez. Je ne peux pas vous l'expliquer maintenant, mais faites-moi confiance. Nous allons entrer en collision. J'en suis sûre, plaida Louise.

– Croyez-moi, Miss Baxter, en tant que votre commandant je vous affirme que nous sommes en sécurité. Nous n'allons pas entrer en collision avec un iceberg. Le *Titanic* est insubmersible, ajouta-t-il avec conviction. À présent, si vous ne vous asseyez pas, vous allez inquiéter les autres passagers.

– Oui, je vous en prie, prenez un siège, répéta Mme Smith comme un perroquet. Ce sont vos nerfs, sans doute. Vous êtes encore sous le choc de cet après-midi.

Elle parlait sans se départir de son sourire figé, alors que son visage restait dénué de toute expression. *Ils avaient déjà du Botox en 1912 ?* ne put s'empêcher de penser Louise.

Puis elle revint vite à son angoisse.

– Mais je vais parfaitement bien ! explosa-t-elle, sentant ses oreilles s'échauffer de colère.

Bon sang, pourquoi ne l'écoutaient-ils pas ? Pourquoi voulaient-ils la congédier ainsi ?

– Il faut changer de cap ! Il faut stopper, sans quoi des milliers de gens vont mourir. Je sais que cela va se produire. C'est dans l'histoire.

– Nous maintenons notre cap, décréta le commandant en se levant.

– Si vous voulez rester célèbre dans les livres comme le commandant d'un insubmersible qui a coulé..., le menaça Louise, qui n'arrivait plus à se contrôler.

Ils avaient attiré l'attention de toutes les tables environnantes. Le chef d'orchestre s'efforçait de noyer le scandale en faisant jouer ses musiciens *crescendo*. Le premier officier, un homme rougeaud avec des yeux perçants, s'était aussi levé. Il contournait rapidement la table en direction de Louise.

– Pourquoi ne pas appeler le Dr Hastings ? Il pourra vous donner quelque chose pour vous calmer les nerfs, dit Murdoch avec fermeté. C'est normal qu'une femme soit effrayée sur un navire.

– Parfois j'ai aussi peur moi-même, ajouta Mme Smith. Nous, frêles créatures, n'y pouvons rien !

– Mais ce que je ne peux tolérer, reprit le commandant en interrompant sa femme, c'est que vous effrayiez les passagers avec ces sornettes ! Savez-vous à quel point ce genre de crainte irrationnelle peut être contagieuse ?

À cet instant, le premier officier avait presque atteint Louise, qui avait commencé à reculer, comprenant qu'elle était en mauvaise posture. Il essaya de la saisir par le bras, mais elle se sauva pieds nus à travers la salle à manger.

Elle eut le temps d'apercevoir le Dr Hastings qui se levait aussi, en même temps que ses deux compagnes.

– Alice ? Où te précipites-tu ? la héla un M. Baxter confus depuis l'autre bout de la salle.

Elle ne s'arrêta pas pour lui répondre, ni pour vérifier si le premier officier et le Dr Hastings étaient à ses trousses. Elle se contentait de courir aussi vite que possible malgré son corset dur comme du béton.

Louise quitta la salle à manger, remonta le Grand Escalier quatre à quatre en jouant des coudes parmi les passagers éberlués. Elle suivit une longue coursive à moquette bordeaux, emprunta une nouvelle volée de marches et se retrouva enfin sur le pont supérieur.

Elle avala l'air marin et frais à grandes goulées, encore tremblante. Elle se retourna, s'attendant à moitié à avoir été suivie, mais il n'y avait personne. Le vent mordant l'obligea à serrer ses bras autour d'elle pour se réchauffer.

Elle contempla l'étendue de l'océan. Pour la première fois de sa vie, la contemplation de l'eau ne l'envahit pas d'un sentiment de liberté et d'exaltation. Elle éprouvait tout le contraire : elle se sentait prise au piège. Coincée sur un bateau qui allait couler, dans une vie et un corps qui n'étaient pas les siens.

Elle leva les yeux vers la nuit étoilée. Sa mère regardait-elle le même ciel, inquiète de son absence pour le dîner ? Étaient-elles réellement séparées par un siècle ? Elle se mordit la lèvre pour ne pas pleurer. Il fallait qu'elle garde la tête froide.

Elle commença à se tortiller une boucle de cheveux en arpentant le pont. Elle avait sans doute été naïve de croire que le commandant l'écouterait. Mais comment renoncer ? Elle trouverait bien quelqu'un d'autre dans l'équipage qu'elle parviendrait à convaincre. Il fallait juste repérer le poste de commandement. Si elle réussissait à retarder le bateau un tout petit moment, ou à le faire dévier de quelques degrés à peine, peut-être le désastre pourrait-il être évité.

Louise continua à se tortiller les boucles, complètement perdue dans ses pensées, quand elle heurta de plein fouet le corps squelettique du Dr Hastings.

CHAPITRE 26

– Miss Baxter, quelle agréable surprise ! éructa le médecin.

Affolée, Louise chercha du regard des passagers qui pourraient l'aider, mais le pont était désert.

– Croyez-vous raisonnable de rester ainsi dehors sans même un châle, dans votre état ? Vous allez attraper la mort, fit-il en lui saisissant le bras comme dans un étau. Je serais heureux de vous raccompagner à votre suite.

Louise essaya de protester, mais le docteur ne desserrait pas son étreinte.

– Lâchez-moi, docteur, je vous prie. L'air frais me fera du bien, plaida-t-elle.

– Non, Miss Baxter. J'insiste. Vous devez rentrer immédiatement.

Il commença à la pousser vers la porte. Et il était fort, en dépit de son âge avancé et de sa maigreur.

Louise tenta de rester fermement plantée sur le pont, mais ne parvint qu'à s'enfoncer une écharde dans le talon droit alors qu'on la traînait sur les planches.

– J'ai reçu des ordres stricts du commandant. Je dois vous reconduire dans votre suite sur-le-champ, et vous administrer un calmant, déclara le médecin. Nous ne pouvons pas laisser une femme hystérique perturber les autres passagers.

Il la poussa brutalement vers l'intérieur du navire, en la cramponnant toujours d'une poigne de fer.

– Vous me faites mal ! gémit Louise entre ses dents serrées.

Il ignora ses plaintes et continua à la malmener dans les coursives désertes. À une intersection, Louise crut apercevoir du coin de l'œil deux femmes avec des chapeaux à large bord. Mais avant même qu'elle ne puisse appeler à l'aide, elles avaient disparu.

Le Dr Hastings la précipita soudain dans une pièce sombre et alluma la lumière : Louise se rendit compte qu'elle était de retour dans sa suite.

– Miss Baxter, étant votre médecin à bord de ce navire, je vous ordonne de vous reposer.

Il la tenait toujours par le bras et l'entraînait vers son lit à colonnes.

Louise décida alors de changer de stratégie et monta sur son lit, cessant toute résistance. Peut-être réussirait-elle à faire croire qu'elle dormait et pourrait-elle ensuite reprendre sa mission en douce.

– Où est oncle Baxter ? Et Anna ? demanda Louise en espérant les voir surgir d'un instant à l'autre.

– Ils sont dans leurs salles à manger respectives. Vous êtes partie avant la fin des réjouissances. Et grâce à vos simagrées, moi je suis en train de rater ma partie de poker, répondit le Dr Hastings, courroucé.

– Je voudrais les voir, murmura-t-elle en essayant de se montrer brave, alors qu'elle mourait de peur. Voudriez-vous aller les chercher ?

– Oh, ils vont bientôt revenir. De toute façon, vous serez endormie d'ici là. Le commandant a demandé que je vous administre de quoi nous en assurer.

– Ah non ! J'ai déjà sommeil, je n'ai pas besoin de médicaments pour dormir, se défendit Louise sur un ton qu'elle essayait de garder calme et normal, mais elle commençait vraiment à paniquer.

Il ne lui prêta pas la moindre attention tandis qu'il fouillait dans sa sacoche en cuir noir. Cherchait-il des somnifères ? Dans ce cas, elle les glisserait sous sa langue et les recracherait plus tard. Elle décida de bâiller exagérément.

– Ouh, je suis fatiguée ! mentit-elle.

Le Dr Hastings laissa échapper un grognement de triomphe : il venait de trouver ce qu'il cherchait.

– Voyez-vous, Miss Baxter, je ne suis pas homme à désobéir aux ordres de mon commandant.

Il extirpa de sa sacoche une seringue avec une aiguille d'une longueur démesurée. Il poussa un peu le piston. Quelques gouttes de liquide clair perlèrent à l'extrémité de l'aiguille.

– Allons, cela ne vous fera aucun mal, la raisonna-t-il.

– Non ! hurla Louise. Je vous défends de me piquer avec ce truc !

– C'est pour vous aider à dormir cette nuit, expliqua-t-il de la voix calme qu'on utilisait pour apaiser les malades mentaux en crise. C'est naturel, une injection de vitamines !

Il se pencha vers le lit, la seringue dans la main droite.

– Ne me touchez pas ! hurla de nouveau Louise.

Le docteur l'ignora.

Elle bondit à l'autre bout du lit pour essayer de s'échapper, mais le médecin avait de bons réflexes. Il la saisit par la cheville et sans hésiter planta l'aiguille sur le dessus de son pied gauche.

Louise poussa un cri suraigu, de douleur et de surprise. Elle plongea son regard dans les yeux noirs et froids du Dr Hastings et, quelques instants plus tard, elle s'enfonça dans des ténèbres sans fond.

CHAPITRE 27

Cette nuit-là, Louise fit le plus extraordinaire des rêves.

Elle était recouverte d'un épais manteau de ténèbres, dans une caverne si profonde qu'elle se demandait comment elle réussirait jamais à revenir à la surface de la terre. Ses jambes étaient de véritables poids morts qui la retenaient dans ce monde souterrain.

– Ouvrez les yeux, ouvrez les yeux ! lui ordonnait une voix de femme très rauque, qui semblait à des kilomètres. Ouvrez les yeux ! insista la voix.

Les paupières de Louise étaient si lourdes… comment les soulever ? Et qu'arriverait-il si elle obéissait à la voix et se retrouvait propulsée dans un nouveau rêve ? Ou continuait le même ?

– Ouvrez les yeux.

La voix s'approchait, devenait de plus en plus impérieuse. Louise devait obéir, elle n'avait plus le choix.

Elle fut immédiatement aveuglée par une explosion de couleurs, dans un nuage rouge tourbillonnant.

– Louise, murmura la voix, il est presque temps. Vous devez sauver votre vie. L'histoire ne peut pas être changée, mais la robe passe avant tout.

Dans un éclair, Louise vit un éclat doré et l'image d'un caniche noir, qui se balançait dans le nuage rouge. Elle ne pouvait plus se battre contre la lourdeur de ses paupières. Ses pieds lourds comme du plomb l'entraînèrent de nouveau dans les ténèbres.

La caverne se remplissait rapidement d'eau bouillonnante, d'abord au niveau de ses chevilles, puis de ses genoux. Ensuite elle effleura ses hanches. Elle tenta de crier, mais comme dans ses pires cauchemars aucun son ne sortait de sa bouche. Le seul bruit environnant était celui de l'eau qui remplissait la caverne noire. L'humidité glacée avait atteint son nombril, Louise sentit une douleur violente dans son estomac. L'eau arrivait maintenant à sa poitrine. Elle entendit les hurlements de deux voix de femmes, mais elle était trop loin pour discerner le sens de leurs paroles.

Elle se releva en sursaut dans son lit. Sa robe du soir était plaquée contre son corps, comme une seconde peau. Elle examina ce qui l'entourait pour essayer de se situer, car elle ne savait plus trop où elle se réveillerait. La pièce était peu éclairée. Louise reconnut pourtant la suite de Miss Baxter.

Ah, elle aurait donné n'importe quoi pour être dans sa chambre, sous la couette de sa grand-mère ! Elle espérait que tout ça n'était qu'un long, un gigantesque cauchemar.

– Miss Baxter ? Vous allez bien ? lui demanda Anna avec anxiété en s'approchant du lit.

– Non, croassa Louise, la gorge sèche. Je viens de faire un rêve atroce. Et maintenant que je suis réveillée, je découvre que la réalité est encore plus épouvantable... Anna, vous sentez-vous bien ? reprit-elle en découvrant l'air terrifié de son amie. Qu'est-ce qui ne va pas ? On dirait que vous avez vu un fantôme !

Même sous le faible éclairage, Louise fut frappée par la pâleur d'Anna et sa lèvre inférieure qui tremblait.

– Je n'en suis pas trop sûre, fit Anna en hésitant, mais ce serait bien possible.

CHAPITRE 28

– Allez, racontez-moi, lui intima Louise en se calant sur ses coudes, tandis qu'Anna s'asseyait au pied du lit.

– Je ne sais pas, je n'ai peut-être rien vu, bredouilla Anna. J'ai l'impression de perdre la tête. Je vous en prie, oubliez ce que je vous ai dit.

Elle scrutait la pièce dans ses moindres recoins, comme si elle s'attendait à ce que quelque chose jaillisse de la pénombre.

– Non, insista Louise, vous devez me le dire ! Je vous crois !

– Eh bien, madame, commença son amie, la nuit dernière, quand je revenais du dîner... je me suis endormie sur le sofa pour vous veiller, expliqua Anna en montrant un canapé victorien garni d'oreillers et de couvertures. Oh, Miss Baxter ! Nous étions tous morts d'inquiétude ! J'ai appris que vous avez semé le trouble pendant le dîner, que vous avez prédit au commandant Smith que le *Titanic* allait couler...

– C'est exact, l'interrompit Louise, mais que s'est-il passé ensuite ?

– C'est impossible. C'est le bateau le plus somptueux et le mieux conçu qui ait traversé l'océan !

– Que s'est-il passé ensuite ? la pressa Louise, anxieuse d'obtenir toutes les informations possibles pour quitter le navire.

– Eh bien, j'étais couchée sur ce sofa…, reprit Anna.

– Je sais, je sais, s'impatienta Louise.

– Au milieu de la nuit, j'ai entendu des voix étranges, qui m'ont tirée d'un sommeil profond. Et là, je les ai vues, fit Anna en se levant pour faire les cent pas avec nervosité.

– Qui avez-vous vu ?

– Deux femmes, penchées au-dessus de votre lit, qui vous chuchotaient des choses à l'oreille. Quand j'ai crié, effrayée, elles ont disparu, comme évaporées dans l'air. Oh, c'est impossible ! Jésus Marie ! gémit Anna en faisant le signe de croix.

– Non, Anna, je vous crois ! Qu'ont-elles dit ? insista Louise, désormais en pleine possession de ses moyens.

– Je n'ai pas pu distinguer leurs paroles.

– À quoi ressemblaient-elles ?

– L'une d'elles était très grande, avec des cheveux roux. L'autre beaucoup plus petite, avec des cheveux châtain. Elle avait posé ses mains sur votre ventre.

– Marla et Glenda ! hoqueta Louise. Ce sont elles, c'est sûr !

Elle plaça instinctivement ses mains sur son ventre, sentant toujours cette douleur bizarre qu'elle avait éprouvée dans son rêve. Comment ces femmes le savaient-elles ? En étaient-elles responsables ?

– Elles étaient là, et puis elles ont littéralement disparu, dit Anna, toujours sous le choc.

Mais Louise était enfin rassurée : elle avait toute sa tête.

– Anna, il faut retrouver ces femmes ! s'écria Louise, excitée.

– Les sorcières ? tremblota Anna, effrayée.

Elle se mit à retaper le sofa où elle avait dormi. Cela rappela à Louise sa mère qui se mettait à ranger comme une folle quand elle était stressée.

– Oui, c'est la seule manière pour moi de retrouver ma vie normale au Connecticut. Et elles peuvent aussi vous sauver. Ce bateau est condamné !

– Le Connecticut ? répéta Anna, complètement perdue. Et que voulez vous dire en parlant de bateau condamné ?

– Le *Titanic* va couler ! répliqua Louise d'un ton sans appel, retenant ses larmes.

– Mais pourquoi répétez-vous ça sans arrêt ? s'alarma Louise. Tout le monde affirme qu'il est insubmersible…

– J'imagine que rien n'est indestructible, conclut Louise. Les navires, les avions, les présidents… vous ne me croirez jamais si je vous racontais ce qui va se passer pendant le prochain siècle.

– Mais comment pourriez-vous connaître le futur, Miss Baxter ? l'interpella Anna, devenue hystérique, pliant et repliant la couverture qu'elle avait dans les mains.

– Anna, je sais que cela va sembler complètement fou, mais je ne suis pas Miss Baxter. Et je ne suis pas non plus actrice. La vérité, c'est que je m'appelle Louise, et que je viens du Connecticut, un État d'Amérique. L'une des dernières choses dont je me souviens, c'est que nous étions en 2011, et que j'apprenais le désastre du *Titanic* pendant mon cours d'histoire.

Ouh là là ! Louise aurait donné n'importe quoi pour avoir été un peu plus attentive au cours de Mlle Morris !

Anna cessa de tapoter les oreillers et fit de nouveau un signe de croix. Elle avait sûrement dû trouver un réconfort dans la religion lors des derniers événements !

– Vous n'êtes donc pas la vraie Miss Baxter ? l'interrogea-t-elle, incrédule. Pourtant vous lui ressemblez trait pour trait. Comment pourriez-vous être quelqu'un d'autre ? fit Anna en se rapprochant du lit pour l'examiner de près.

– Je ne sais pas, répondit Louise, soulignant son impuissance en levant les bras en l'air. Ça semble impossible, mais je le jure, ce n'est pas moi.

Pourtant Anna n'avait pas l'air convaincue.

– Miss Baxter ferait-elle ce genre de chose ? demanda Louise en se mettant à loucher tout en tirant la langue.

Anna gloussa en dépit de sa grande frayeur.

– Sûrement pas ! Le Dr Hastings a dû vous administrer trop de somnifère.

– Attendez un peu, venez par ici, lui ordonna Louise, se plaçant devant un miroir sur le mur opposé.

Il fallait qu'Anna voie la vraie Louise : les mots ne suffiraient pas à la convaincre. Anna lui lança un regard dubitatif mais la suivit néanmoins. Louise se plaça devant, très stressée, tête basse, dans la crainte de ce qui apparaîtrait dans le reflet.

Elle avait passé sa vie à espérer que quelque chose dans son apparence serait différent. Par exemple, que ses cheveux deviendraient comme ceux d'Elizabeth Taylor quand elle était encore starlette dans les années 1950, en petites bouclettes parfaitement domestiquées. Ou que les ridicules piqûres de moustique qui lui tenaient lieu de poitrine se développeraient suffisamment pour lui permettre de porter un soutien-gorge comme toutes les autres filles de cinquième. Elle était plutôt stupéfaite de se rendre compte que ce qu'elle voulait maintenant par-dessus tout, c'était être elle-même. Avec tous ses défauts, y compris ce qui lui manquait. Elle avait besoin de se retrouver.

En se regardant dans le miroir, Louise se vit de nouveau en fille maigrichonne de douze ans avec des bagues sur les dents. Elle fondit en larmes. Des larmes d'épuisement et de soulagement, en se retrouvant enfin devant un visage familier.

Anna suffoqua, stupéfaite. Elle se signa et contempla en silence ce qu'elle voyait dans le miroir. Puis, terrifiée, elle murmura :

– Qu'est-ce que vous avez sur les dents ?

Louise éclata de rire. Anna l'avait vue, enfin ! Elle essuya ses joues baignées de larmes et son nez sur le revers de son bras.

– Bénissez l'époque où vous êtes née ! Vous avez de la chance, ces appareils d'orthodontie n'ont pas encore été inventés !

Anna s'assit sur le bord du sofa en tremblant de tous ses membres. C'en était vraiment trop.

– Qui êtes-vous ?

– Je m'appelle Louise Lambert. J'habite à Fairview, dans le Connecticut. Je suis née en 1999, et j'ai douze ans.

Au fur et à mesure qu'elle délivrait ces informations, elle sentait sa voix s'affermir et gagner en confiance. *Ça fait du bien*, songea-t-elle en souriant. Elle était enfin prête à redevenir Louise. Mais le temps était compté. Il fallait vite trouver une solution.

CHAPITRE 29

Louise s'installa sur le bord de son lit. Elle voulait absolument raconter à Anna tout ce que Mlle Morris avait expliqué sur le *Titanic*. Malheureusement, comme d'habitude elle ne lui avait accordé qu'une vague attention, et du coup elle n'avait pas grand-chose à dire.

– Quitte à finir sur le *Titanic*, j'aimerais qu'un jeune Leo soit à bord, plaisanta-t-elle en pensant au film romantique réalisé quelques années avant sa naissance.

Elle l'avait vu récemment, un jour où elle était restée chez elle à cause d'un rhume.

– Qui ça ? demanda Anna, ce qui était tout à fait compréhensible, sachant que Leonardo DiCaprio n'était pas encore sur terre en 1912.

– Aucune importance, coupa Louise pour revenir dans le vif du sujet. L'histoire, c'est qu'une nuit ce bateau très chic baptisé *Titanic* heurte un iceberg et coule. C'est effrayant à entendre, je le sais bien, mais ça s'est vraiment passé comme ça. Me croyez-vous ?

– Je préférerais vous dire que non. Mais après avoir vu votre reflet dans le miroir, j'imagine que désormais je le dois. Comment avez-vous réussi à vous faire passer pour Miss Baxter devant les autres, d'une manière si convaincante ?

– Honnêtement, je n'en sais rien, confessa Louise. C'est totalement dingue que tout le monde soit convaincu que je le suis. Mais j'ai dû me préparer pour ce rôle depuis toujours, j'imagine.

– Stupéfiant, fit Anna en secouant la tête, abasourdie. J'aurais pu jurer que je parlais avec la vraie Miss Baxter. C'est très étrange. Donc… donc… si vous êtes Louise Lambert… où est Miss Baxter ?

– Je n'en ai pas la moindre idée.

Louise n'avait même pas commencé à envisager cet aspect de la chose quand elles sursautèrent en entendant un ronflement tonitruant qui provenait de la suite adjacente.

– M. Baxter ! s'exclama-t-elle, car elle l'avait complètement oublié. J'expliquerai tout ce que je pourrai un peu plus tard, mais il faut sortir d'ici avant qu'il ne se réveille. Sans cela nous aurons beaucoup de justifications à fournir, et nous devons nous échapper.

– Ne vous inquiétez pas, il pourrait continuer à dormir même pendant un naufrage ! Oups ! hoqueta Anna, en devenant écarlate après ces paroles malheureuses.

– Vite ! Sortons d'ici ! la pressa Louise en sautant de son lit.

– Tout d'abord, il faut que vous passiez des vêtements secs, lui conseilla Anna, sur un ton maternel.

Louise s'examina. Elle portait toujours la robe du soir bleue, toute trempée de sueur après son cauchemar.

– Miss Baxter a-t-elle des jeans ? demanda Louise, pleine d'espoir.

– Des jeans ? s'exclama Anna, incrédule. Vous voulez dire ces salopettes en denim que portent les cheminots ?

– Oh, laissez tomber.

Louise redoutait de mettre une autre robe. Ses vêtements habituels lui manquaient, même si sa garde-robe était limitée ! Ce serait quand même plus facile d'essayer de quitter ce bateau en pantalon.

– Où allez-vous, mesdames ?

Les filles sursautèrent. M. Baxter se tenait sur le seuil du salon, vêtu d'un pyjama en soie rose gansé de rouge, un masque pour dormir autour du cou. Sa moustache horizontale était un peu de travers.

– Oncle Baxter ! roucoula Louise, retrouvant instantanément son personnage de Miss Baxter.

Elle espérait y arriver encore un peu, alors qu'elle n'avait plus qu'une idée en tête : quitter le bateau, le plus vite possible.

M. Baxter retira un petit pompon doré de son oreille gauche. *L'ancêtre des* boules Quies, *apparemment ?*

– Oncle Baxter, répéta-t-elle, cette fois en battant des paupières tel un papillon en overdose de caféine. Je ne parviens pas à dormir, alors Anna va aller me chercher du lait chaud et du miel.

C'était le remède royal de sa mère pour l'insomnie. Pourvu que ce soit une vraie recette de grand-mère !

M. Baxter considéra les deux filles d'un air endormi.

– Oncle Baxter ! minauda-t-elle pour la troisième fois, retournez vous coucher, il vous faut vos heures de sommeil pour être en forme !

Trop fatigué pour discuter, M. Baxter réintégra son lit en titubant quelque peu.

– Bonjour et bonne nuit, mesdames, baragouina-t-il en refermant la porte derrière lui.

Les filles échangèrent un regard soulagé. En silence mais avec célérité, Anna parcourut la suite à pas furtifs afin de rassembler des vêtements pour Louise. Celle-ci revêtit vite la robe en laine toute simple et les bottines à boutons qu'Anna lui prêta.

Elles quittèrent la cabine sur la pointe des pieds, refermèrent doucement la porte et partirent en courant dans la coursive, aussi vite qu'elles le purent.

CHAPITRE 30

– Soyons prudentes. Il faut éviter le commandant Smith et le Dr Hastings, à tout prix, chuchota Louise alors qu'elles couraient le plus discrètement possible dans les coursives désertes à peine éclairées.

Anna acquiesça d'un signe de tête.

– Mais où allons-nous, au juste ?

– Je ne sais pas. Je voudrais pouvoir me représenter les plans du navire avec netteté. Savez-vous vous diriger ?

D'après ce qu'elle avait déjà vu, il y avait des kilomètres de coursives, toutes remarquablement similaires.

– Avez-vous une idée de l'endroit où se trouve le poste de commandement ? reprit-elle.

– Oui ! lança Anna, très sûre d'elle. Quoique l'accès ne soit pas autorisé aux passagers.

– C'est là qu'on doit aller ! décida Louise. Il doit bien y avoir quelqu'un qui nous croira et changera le cap.

– Le commandant Smith a beaucoup de pouvoir, interrompit Anna en prenant le bras de Louise. Cela ne va pas être simple de trouver quelqu'un qui oserait désobéir à ses ordres. Surtout si ce sont des femmes qui le demandent.

Louise soupira, envahie d'une nouvelle vague de panique. Elle oubliait sans cesse qu'en 1912 les femmes n'avaient même pas le droit de vote, et que leur opinion pouvait être tout simplement ignorée.

– Il faudrait peut-être d'abord retrouver Glenda et Marla. Si vous les avez vues, si Lucy les a vues, elles doivent être à bord du *Titanic*, avec nous…

– Les sorcières ? tremblota Anna en interrompant le fil des pensées de Louise.

– Je crains qu'il n'y ait pas d'autre solution.

– Nous devrions suivre le plan initial, objecta Anna, nerveuse. C'est vrai, comment saurons-nous que ça ne marche pas, si nous n'essayons pas ? Et je connais quelqu'un qui pourrait nous aider.

– Qui ?

– Oh… un jeune homme, bredouilla vite Anna.

– Montrez-moi le chemin, lui ordonna Louise. Nous avons besoin de toute l'aide que nous pourrons obtenir.

– Par ici, dit Anna en faisant signe à Louise de la suivre.

Elles se hâtèrent vers le pont extérieur, puis prirent la direction de la proue du navire. Elles dépassèrent un groupe de dames allongées sur des transats, sous des couvertures blanches brodées du monogramme de la White Star, qui sirotaient des grogs chauds tout en profitant du soleil matinal.

Louise leva les yeux. Plusieurs canots de sauvetage en bois étaient suspendus à des cordes et des câbles au-dessus d'elle. Peut-être qu'Anna et elle pourraient décider les dames à les rejoindre pour mettre un canot à la mer et s'échapper avant que le *Titanic* ne heurte l'iceberg ?

Fixant toujours les canots, Louise se remémora soudain son cours d'histoire et la voix ânonnante de Mlle Morris : « L'erreur fatale du *Titanic*, c'était qu'il n'avait pas assez de canots de sauvetage pour contenir ses deux mille passagers. Et pour ajouter au drame, les canots furent jetés à la mer dans la précipitation, à moitié remplis et des places précieuses qui auraient sauvé des vies restèrent inoccupées. »

Comment Louise aurait-elle pu se justifier de voler un canot pour une poignée de gens alors qu'il n'y avait pas assez de places pour tous ? De plus, ses chances de convaincre ces dames de poser leurs boissons chaudes et de grimper dans une minuscule coquille de noix pour se retrouver au milieu de l'océan Atlantique glacial étaient plutôt nulles. Elle avait beau vouloir se sauver à tout prix, elle n'était pas pour autant prête à le faire aux dépens de tant d'autres.

– Nous sommes presque au poste, annonça Anna.

– Le poste ?

– C'est l'endroit d'où l'on commande le navire.

– Parfait. Montrez-moi le chemin.

Anna continua à les conduire et s'arrêta soudain devant une porte sur laquelle était inscrit : PRIVÉ-DÉFENSE D'ENTRER.

– Nous y sommes, dit-elle à Louise.

Louise scruta les environs. Personne. Les deux filles ouvrirent la porte interdite et se faufilèrent à l'intérieur.

CHAPITRE 31

– Suivez-moi, chuchota Anna en commençant à grimper à une échelle avec agilité. C'est solide, ne vous inquiétez pas, ajouta-t-elle.

Louise releva sa jupe, sa curiosité en éveil. Comment Anna savait-elle tout ça ? Elle suivit son amie sur l'échelle en bois sombre. Elle se rendit compte en arrivant en haut qu'elle était bien dans le poste de commandement. Des cartes et des plans de routes maritimes étaient accrochés aux murs, aussi bien qu'étalés sur la moindre surface plane.

– Où allez-vous, mesdames ? Cet endroit est interdit aux passagers ! s'écria quelqu'un derrière elles.

Louise et Anna se retournèrent en sursautant, pour découvrir un jeune membre de l'équipage, vêtu d'un uniforme de la White Star.

– Anna, c'est vous ? fit l'homme en baissant aussitôt la voix. Pourquoi l'avez-vous amenée ici ? Maintenant je risque de sacrés ennuis !

Eh oui, c'était donc ça, Anna avait un amour secret ! Un amour secret très, très mignon d'ailleurs, apprécia Louise.

– Elle ne vous fera aucun ennui, Christopher, l'assura Anna en lui prenant la main. Je vous le promets, ajouta-t-elle en lui donnant un rapide baiser sur la joue. Mais j'ai besoin que vous nous aidiez.

Christopher devint cramoisi et regarda Louise d'un air inquiet, ou plutôt Miss Baxter.

Il était super séduisant : seize ou dix-sept ans, hâlé, des cheveux blonds très courts décolorés par le soleil, des yeux bleu clair. En fait, il était plutôt du genre de Brooke, pensa Louise, à qui son amie manquait plus que jamais. La reverrait-elle un jour ?

– J'essayerai. Mais vous ne devriez vraiment pas être ici. Si le commandant Smith arrive, ce sera la fin, et je pourrai dire adieu à ma place.

– Ne vous inquiétez pas, je ne ferai rien pour que cela se produise, interrompit Louise, quoique selon elle, mieux valait être licencié que mort noyé !

– C'est un peu délicat à expliquer, commença Anna en choisissant ses mots avec soin, mais disons que Miss Baxter a eu une prémonition : le *Titanic* va heurter un iceberg et couler. Elle serra la main de Christopher un peu plus fort. Il faut que vous changiez le cap du bateau, ne serait-ce que du plus infime degré, sans cela nous…

– Quoi ? s'écria Christopher en retirant sa main. Anna, vous avez perdu la tête ?

– Je vous en prie, insista Louise, vous devez nous croire !

– Vous voulez que je désobéisse aux ordres de mon commandant et que je perde mon travail juste à cause d'une prémonition ? s'exclama-t-il, effaré. Je veux bien vous faire une faveur et ne pas dire au commandant que vous êtes montées ici, mais ça s'arrête là.

Il leva les mains en l'air en s'éloignant des filles.

– Vous ne ferez rien de ce genre !

Louise et Anna firent volte-face et se retrouvèrent nez à nez avec le Dr Hastings, furieux. Il referma la porte derrière lui et se rua sur Louise.

– Tout cela est allé trop loin, grommela-t-il en la saisissant par le poignet. Vous êtes devenue un véritable danger, non seulement pour vous-même mais aussi pour les deux mille deux cents passagers qui sont à bord avec vous !

– Docteur Hastings, Christopher, écoutez-moi ! Je suis une actrice reconnue, un personnage public… et si la presse apprend que vous avez osé lever ne serait-ce que le petit doigt sur moi…, s'écria Louise en se dégageant le poignet.

C'était là, et de loin, sa performance en Miss Baxter la plus digne d'un Oscar !

– Eh bien, le public serait outragé, continua-t-elle, remarquant que Christopher avait soudain l'air terrifié.

Était-elle douée à ce point ? De toute façon, tout était bon pour quitter ce navire !

Christopher leva la main droite et montra le mur derrière Louise. Il lui cassait ses effets, bon sang ! Qu'est-ce qu'il avait bien pu voir ? Elle se tourna vers Anna, qui était devenue blême. Louise se tourna à son tour dans la direction qu'indiquait Christopher, toujours aussi terrifié. Et même elle fut sous le choc. C'était la vraie Louise Lambert de douze ans, vêtue d'une robe démodée, qui se reflétait dans le grand miroir circulaire accroché au mur. Elle sentit son aplomb qui la lâchait. En plein milieu de sa tirade la plus importante, sa véritable identité la trahissait !

– Des sorcières ! hurla le Dr Hastings, la lèvre inférieure tremblante. Dieu du ciel, nous avons affaire à des sorcières !

Louise et Anna reculèrent lentement.

– Vous avez des visions, docteur ! répliqua Louise finement en se dirigeant vers la roue du commandant.

– Oh, non ! Je suis peut-être un homme de science, mais je sais reconnaître une sorcière quand j'en vois une !

Avant que le malfaisant docteur ne puisse l'entraîner, Louise se jeta sur la roue et la tourna de toutes ses forces. Elle aurait pu jurer sentir le bateau dévier légèrement sur sa droite.

– Rétablissez le cap ! aboya le Dr Hastings à Christopher, alors que ce dernier se précipitait sur la roue.

– Latitude quarante et un degrés nord, longitude cinquante degrés ouest, répondit Christopher.

En quelques minutes à peine, le *Titanic* avait repris sa route prédestinée.

Mais peut-être cela avait-il suffi ? espéra Louise de toutes ses forces tandis que le Dr Hastings la traînait sans ménagement vers la porte. *Est-ce que je viens de réécrire l'histoire ?*

– Nous allons vous mettre dans un endroit où vous ne causerez plus d'ennuis. Un endroit tranquille et bien sombre. Où personne n'entendra vos délires hystériques. Vous avez mis toutes nos vies en danger avec vos simagrées. Il va falloir que j'avertisse le commandant, et lui explique à qui nous avons affaire ! éructa le médecin.

– Non, docteur ! cria Louise. Ce n'est pas moi qui mets nos vies en danger. Mais je suppose que l'histoire en jugera.

Louise et Anna furent poussées brutalement dans un petit placard à balais à côté du poste de navigation. La porte claqua derrière elles avec un bruit sinistre.

CHAPITRE 32

– Qu'allons-nous faire ? sanglota Anna, la tête dans ses mains.

Assises sur des caisses en bois, les prisonnières sombrèrent dans un silence qui leur parut durer une éternité.

La pièce, encombrée de boîtes, de balais, était éclairée d'une ampoule vacillante. Louise recommença à se tortiller furieusement une boucle de cheveux. Être enfermée dans un réduit sans savoir quand elle en sortirait était loin de lui plaire. Et ça lui plaisait encore moins d'être dans un bateau qui allait heurter un iceberg avant la fin de la journée. Elle se mit à faire les cent pas dans sa prison comme un animal en cage. Lorsqu'elle se fut assez épuisée, elle revint s'asseoir à côté d'Anna.

– Qu'allons nous faire ? Je n'ai jamais aimé les miroirs. Ils finiront par causer ma perte, tenta-t-elle de plaisanter.

Elles restèrent un moment silencieuses.

– Avez-vous une barrette ? demanda soudain Louise à Anna.

Elle venait d'avoir une idée : dans ses livres d'aventures préférés, les jeunes héroïnes n'avaient souvent besoin que d'une barrette ou d'une carte de crédit pour crocheter une serrure. Et comme Anna ne pouvait pas avoir de carte de crédit sur elle… restait la barrette.

Anna fouilla dans son chignon en désordre pendant un instant et en sortit triomphalement une pince à cheveux.

– Parlez-moi encore de Miss Baxter, demanda Louise à Anna pour tenter de la calmer tandis qu'elle détordait la pince en forme de U.

– Eh bien, vous êtes, je veux dire Miss Baxter, très belle, répondit Anna en s'essuyant le nez contre sa manche.

– J'ai vu sa photo, dit Louise en s'acharnant sur la pince, qui résistait. Elle ressemblait à une vraie star de cinéma.

– C'est ce que vous êtes. Miss Baxter est une actrice. Avec du talent. J'ai vu presque toutes ses pièces au théâtre et presque tous ses films.

– Quand je me regarde dans le miroir, c'est moi que je vois, et pas une femme glamour, expliqua Louise. Je ne peux pas voir Miss Baxter. Et même si c'était amusant pendant un moment, je ne veux pas qu'elle soit moi. Mon vrai moi me manque ! Oh là là, ça fait vraiment bizarre de dire ce genre de trucs !

– C'est si étrange, dit Anna qui l'avait écoutée attentivement. Quand je vous regarde, là, en ce moment, vous êtes Miss Baxter. Et vous êtes superbe.

– Elle doit avoir une vie merveilleuse, supposa Louise en se levant pour aller vers la poignée de la porte, afin d'essayer son outil.

– J'imagine, fit Anna avec une hésitation palpable.

– Ce n'est pas le cas ? s'étonna Louise, surprise par le ton de son amie.

– Je n'en suis pas tout à fait sûre. Je n'ai pas eu l'occasion de vraiment la connaître. Elle me semble un peu triste, un peu distante. C'est une personne très réservée.

– Hmm…, murmura Louise, concentrée sur la serrure.

Elle n'avait jamais fait ça de sa vie. C'était loin d'être évident !

– Par exemple, continua Anna, nous n'aurions jamais cette conversation, si vous étiez la vraie Miss Baxter.

– C'est vraiment dommage, fit Louise.

Elle farfouillait dans la serrure avec la pince, n'importe comment. Ça finirait bien par marcher !

– Je pense qu'elle était triste, insista Anna. Une fois, en entrant dans son dressing, je l'ai surprise. Elle était vêtue de cette superbe robe de soirée rose. En fait, celle que vous portiez quand vous vous êtes évanouie sur le pont A. Alors que nous étions un dimanche après-midi tout à fait normal, elle était pomponnée comme pour un gala. Elle avait allumé son gramophone et virevoltait dans sa robe, l'air insouciante, vraiment ravissante. Je ne voulais pas gâcher ce moment. Mais quand elle m'a vue sur le seuil, elle s'est arrêtée et s'est mise en colère. Elle m'a hurlé dessus parce que je ne m'étais pas annoncée. J'ai eu l'impression d'en avoir trop vu.

– Que voulez-vous dire ? la pressa Louise.

Elle tourna la pince vers la droite et entendit un clic. Elle actionna vite le bouton de la porte. Rien.

– Saleté de machin ! invectiva Louise tout bas.

– Je crois qu'elle aspire à quelque chose de nouveau. Bien évidemment, elle ne m'en dirait rien. Je crois qu'elle ne se confie à personne.

– C'est terrible ! Il me semble que nous avons quelques points communs, elle et moi.

Louise était étonnée d'être autant touchée par le récit d'Anna. Si jamais elle revoyait Brooke, il faudrait qu'elle lui raconte tout. Quoiqu'elle ne la croirait jamais.

– J'imagine que tout le monde veut avoir une autre vie, plus glamour, plus excitante, fit Louise. La vie qu'on s'imagine que l'on mènera dès que notre vraie vie aura commencé. Vous pensez que ça existe, Anna ?

– Je pense qu'il existe quoi ? répéta Anna, qui semblait plutôt perdue.

Louise n'eut pas le temps de s'expliquer. Elles furent interrompues par des bruits étouffés et celui d'une clé qui tournait dans la serrure. La porte s'ouvrit et laissa entrer un flot de lumière. Louise mit une main en visière sur ses yeux et referma l'autre sur la pince à cheveux. Le commandant Smith était planté devant l'entrée, avec un gros trousseau de clés. L'ombre sinistre du Dr Hastings se dessinait derrière lui.

– Comment avez-vous osé enfermer ma nièce et sa bonne dans cette cellule ? hurla M. Baxter en bousculant les deux hommes, son visage rond écarlate de rage. Ma chère, tu n'as rien ? s'écria-t-il, sans laisser à Louise le temps de répondre. Vous les avez enfermées là-dedans comme de vulgaires criminelles. Comme des animaux ! Nous sommes des passagers de première classe. J'aurais été malade d'angoisse à force de les chercher, si l'un de vos obligeants membres de l'équipage ne m'avait averti de la situation ! hurla-t-il.

Christopher, tout gêné, se tenait quelques pas derrière lui.

– Mais ce n'est pas Miss Baxter ! C'est une sorcière qui se fait passer pour elle ! Je suis prêt à en mettre ma réputation en jeu, protesta le Dr Hastings.

– Une sorcière ? Vous avez donc complètement perdu la tête ? l'interrogea le commandant Smith.

– Je sais que ça semble fou, mais je peux le prouver. Regardez dans le miroir ! cria le médecin en indiquant l'emplacement où il se trouvait.

– Quel miroir ? demanda M. Baxter en regardant l'endroit indiqué.

Il n'y avait désormais plus que le mur blanc. Aucun miroir.

– Vous devriez peut-être vous prescrire quelque chose à vous-même, pour vous débarrasser de vos hallucinations !

Louise était sciée ! Quelqu'un avait retiré le miroir ! Elle se retourna et vit Anna qui souriait, les yeux modestement baissés.

Christopher était maintenant cramoisi. Il les avait sauvées ! Il devait l'avoir fait pour Anna, réalisa Louise. Et à en juger par le sourire sur le visage de celle-ci, elle le savait aussi.

– Mais… mais… il était accroché… là…, bredouilla le Dr Hastings en montrant du doigt l'emplacement vide. Je l'ai vu !

– Oh, allez donc manger un peu de prunes ! lui lança M. Baxter, dégoûté.

– Je suis sincèrement désolé, Miss Baxter. Veuillez accepter mes plus plates excuses. Je ferais n'importe quoi pour me faire pardonner, dit le commandant Smith, dans ses petits souliers.

– Laissez-moi trouver un autre miroir. Je jure que je peux le prouver, plaida le docteur au désespoir.

– Je ne veux plus vous entendre ! rugit M. Baxter, les veines de son cou gonflées de colère. Et si vous vous approchez à moins de cent mètres de Miss Baxter ou Miss Hard, je m'assurerai que vous n'exerciez plus jamais la médecine. Suis-je assez clair ?

– Tout à fait clair, grommela le médecin entre ses dents, foudroyant Louise du regard.

Elle le regarda à son tour avec la même expression.

– Eh bien, il y a en effet une chose que vous pouvez faire pour moi, dit Louise en se tournant vers le commandant.

– Tout ce que vous voudrez. Une bouteille de notre meilleur champagne, peut-être ?

– Elle n'a que dix-sept ans ! faillit littéralement exploser M. Baxter. Elle ne boit pas !

– J'aimerais que vous changiez le cap de ce navire, dit Louise. Nous allons heurter un iceberg si nous poursuivons notre route sur le même cap.

– Ne recommencez pas ! s'exclama le commandant Smith en levant les bras en l'air d'exaspération.

– Veuillez l'excuser, je vous prie, intervint M. Baxter, elle a été enfermée dans un placard à balais Dieu seul sait combien de temps. Elle divague.

M. Baxter prit Louise par la main et l'entraîna hors du poste de commandement avec Anna. Une fois à l'extérieur, ils respirèrent l'air du large. La fin de la journée était particulièrement froide et le soleil se couchait. M. Baxter les reconduisit vers la suite de sa nièce en silence, fonçant dans le labyrinthe des coursives.

– J'arrive, protesta Louise, contrariée, en essayant de faire lâcher M. Baxter.

Elle n'avait pas non plus la moindre envie de se retrouver piégée dans sa suite. Elles avaient besoin d'aide. Il fallait retrouver Marla et Glenda, coûte que coûte !

Quand ils parvinrent devant la porte de la cabine, M. Baxter sortit une montre en or de sa veste en tweed.

– Eh bien, au moins nous n'avons pas raté le repas. On nous attend dans la salle à manger pour un dîner à la carte dans une demi-heure. Dieu du ciel, mais qu'as-tu donc sur le dos ? s'écria-t-il en examinant Louise l'air à la fois abasourdi et désapprobateur.

Celle-ci jeta un œil à sa robe toute simple et haussa les épaules.

– Oncle Baxter, j'imagine qu'Anna dînera avec nous ce soir ? Étant donné qu'elle a subi cette horrible épreuve avec moi…

– Tout ce que tu voudras, ma chère. Je n'y vois aucune objection. Ne parlons plus de ce malheureux incident, ajouta-t-il en les faisant entrer dans la suite. Je préfère tout oublier. Compris ?

– Je vais m'habiller pour le dîner, dit Louise en essayant d'avoir l'air détendue.

Elle traversa la pièce jusqu'au dressing, en réfléchissant déjà au plan suivant.

– J'arrive dans un instant pour vous aider à mettre votre corset, dit Anna.

Louise referma la porte derrière elle et fut surprise de se retrouver face à une visite inattendue.

CHAPITRE 33

– Comment êtes-vous entrées ici ? demanda-t-elle, fébrile.

– Nous savons quand on a besoin de nous. Darling, vous êtes fabuleuse, non ? roucoula Glenda de sa voix rauque.

Elle était assise devant la table de toilette de Miss Baxter, et tenait à la main le cadre argenté présentant la photo de l'actrice vêtue de la robe rose.

– N'est-elle pas tout simplement sublime, Marla ? ajouta-t-elle.

– Oh, oui ! répondit Marla, enfouie au fond du placard. Comme une star des premiers temps de Hollywood. N'est-ce pas ce dont vous aviez toujours rêvé, ma puce ?

Marla était en train de fouiller dans les affaires de Miss Baxter. Elle attrapait un manteau par-ci, une robe par-là, pour les jeter en désordre par terre.

– Oui. Je veux dire… non, bredouilla Louise.

– Eh bien, darling, c'est oui ou non ? insista Glenda.

– Pas comme ça ! Pas sur le *Titanic* !

– Oh, ça ! gloussa Marla. Des détails ! De simples détails !

– Comment faire pour rentrer ? demanda Louise. Je ne veux plus être Miss Baxter.

– Comment êtes-vous arrivée ici ? l'interrogea Glenda, en s'aspergeant du parfum français de luxe de Miss Baxter.

Louise sentait pointer un mal de tête, alors qu'elle devait rester en pleine possession de ses moyens.

– Je l'ignore, c'est à vous de me le dire. La dernière chose dont je me souviens, c'est d'avoir enfilé la robe dans votre boutique.

– Intéressant, ronronna Marla. Je pensais que vous aviez envie de l'essayer.

– En fait, interrompit Glenda, elle en avait même très, très envie. N'est-ce pas, Marla ?

– Mais oui. Nous avons tenté de vous avertir, mon chou. C'est vous qui avez insisté.

– Enfin, ce n'était qu'une robe ! s'offusqua Louise en commençant à sangloter. Comment aurais-je pu deviner qu'il allait se passer tout ça ? Et que je me retrouverais coincée sur un bateau qui va couler ! Ça ne vous fait donc rien du tout ?

– « Enfin, ce n'était qu'une robe ! » la singea Glenda en se poudrant le visage avec la houppette blanche rebondie.

– Les vêtements ont leur propre histoire, ma cocotte, expliqua Marla en jetant une nouvelle robe par terre. Nous avons pensé que vous, Louise, en particulier, auriez fait plus attention à ce que le tissu essayait de vous dire.

– Les tissus ne parlent pas, protesta Louise faiblement, exaspérée que ces femmes étranges s'expriment par énigmes à un moment pareil.

– Oh, mais pourquoi tout le monde prend-il les choses au pied de la lettre ? fit Glenda. Personnellement, moi j'y réfléchirais à deux fois avant d'acheter une robe abîmée qui sentirait l'eau de mer.

– Même si l'air marin était tout à fait agréable cet après-midi, dit Marla en s'éventant avec un éventail japonais qu'elle avait trouvé dans la malle-cabine. Je commence à m'habituer à ce genre de voyage.

– S'il vous plaît, aidez-moi à rentrer chez moi. Je n'ai jamais demandé à aller sur un bateau qui va faire naufrage. Ma maison me manque. La personne que je suis me manque. Je vous en prie ! supplia Louise au bord des larmes.

Pourquoi tout cela est-il en train de m'arriver, à moi ?

– Ah, n'est-ce pas charmant ? Notre sublime starlette a le mal du pays.

– Je ne suis qu'une petite fille, plaida Louise. J'ai besoin de ma maman.

– Eh bien, très chère, pour moi vous êtes loin d'avoir l'air d'une « petite fille » ! s'exclama Marla sur un ton théâtral.

Elle avait baissé ses lunettes pour examiner Louise des pieds à la tête.

– Vous auriez du mal à en convaincre un jury ! renchérit Glenda.

– Mais vous savez que ce n'est pas moi. Je ne suis pas Miss Baxter ! Je vous ai vues à la vente vintage…

– Oui, oui, nous vous comprenons parfaitement. Mais c'est difficile de vous plaindre, alors que vous êtes tellement superbe. Que ne donnerais-je pour une silhouette pareille !

Glenda siffla, et les deux femmes éclatèrent de rire.

– Je vous la laisse ! s'exclama Louise, les larmes aux yeux. Je veux mon ancien corps. Je veux retrouver mon ancienne vie. J'étais heureuse quand j'étais Louise.

Elle avait à peine prononcé ces mots qu'elle se rendit compte à quel point c'était vrai. Elle repensa à sa chambre avec son lit à baldaquin et à Marlon, son poisson rouge. À son « dressing-refuge-pour-lire ». Même les infâmes dîners de choses bouillies au vinaigre de sa mère lui manquaient ! Il fallait qu'elle rentre chez elle.

– Vous en êtes sûre ?

– Oui, je n'ai jamais été plus sûre de ma vie.

– Ce n'est pas si simple, ma chère. Nous ne pouvons pas toujours avoir ce que nous voulons quand nous le voulons, n'est-ce pas ?

– Pourquoi m'avez-vous choisie ? voulut savoir Louise.

– C'est vous qui nous avez trouvées, ma cocotte en sucre, répondit Glenda.

– Mais pourquoi moi ? Pourquoi Brooke n'a-t-elle pas reçu d'invitation ?

– Nous avons vu que vous compreniez le pouvoir du vintage. Certaines filles le sentent, d'autres non. Nous avons remarqué que vous manipuliez le tissu avec respect, que vous en éprouviez la texture entre vos doigts. Je ne crois pas que votre amie ait jamais acheté quoi que ce soit en solde, encore moins dans un magasin de vintage. Quoique ça ne l'ait pas gênée, apparemment, de pointer son nez sans invitation !

Louise éclata de rire. C'était exact. Mais elle revint vite à l'angoissante réalité.

– Êtes-vous des sorcières ? demanda-t-elle, hésitante.

Marla et Glenda font-elles partie d'un monde magique ? Ou est-ce la robe ?

– Ouh, voilà qui est franchement grossier, ma chère ! Votre mère ne vous a donc jamais appris les bonnes manières ? l'apostropha Marla tout en essayant un chapeau de paille souple avec un clin d'œil.

– Disons que nous sommes stylistes, expliqua Glenda. Et nous avons travaillé avec les gens les plus sélects. Vous devriez être flattée que nous ayons daigné vous habiller pour un malheureux bal de collège.

– Flattée ? Regardez où ça m'a menée ! couina Louise. Ce serait un miracle si j'assistais à ce bal !

– Vous y assisterez, ma cocotte. Nous vous en dirons plus quand nous serons sûres de pouvoir vous considérer comme une de nos filles.

– Vos filles ?

– Nos fashionistas. Chaque chose en son temps, ma chère.

– Oh, regardez l'heure ! s'exclama Glenda, sans consulter la moindre montre ou pendule. Il faut vraiment qu'on y aille.

– Non ! Ne me laissez pas, s'il vous plaît ! les supplia Louise. Vous ne m'avez toujours pas dit comment rentrer au Connecticut !

– Ah, nous ne l'avons pas fait, très chère ? s'exclama Glenda. Et vous l'ignorez depuis le début ?

– Pourquoi ne me dites-vous rien ? Vous avez l'air de tout savoir !

– Mais mon chou, ce ne serait pas très amusant, n'est-ce pas ? la taquina Glenda en quittant la table de toilette. Vous serez étonnée de voir, ma cocotte en sucre, que les plus infimes décisions, les plus insignifiantes en apparence, comme le choix d'une robe pour une soirée, par exemple, se révèlent être celles qui changent le cours de votre vie pour toujours.

Et sur ces considérations qui semblèrent flotter en écho dans la pièce, les deux femmes disparurent dans un nuage de parfum capiteux et de fumée violette.

CHAPITRE 34

En respirant les dernières traces de lilas, Louise fut envahie d'une intense panique. Elle était de nouveau toute seule. Elle se saisit de la photo couleur sépia de Miss Baxter qui souriait, vêtue de sa robe rose. Étrangement, ça lui manquerait d'incarner cette belle femme. Et si le pouvoir résidait en fait dans le tissu de la robe ? Cela pouvait-il être si simple ?

Elle entendit frapper à la porte du dressing. Anna entra.

– M. Baxter a demandé que je vienne voir si vous alliez bien, expliqua-t-elle, anxieuse.

– Anna, supplia Louise en lui saisissant la main, à supposer que j'aie raison et que le *Titanic* coule vraiment, promettez-moi que vous embarquerez sur un canot de sauvetage, avec autant de passagers que possible. Vous devez vous sauver vous-même, puisqu'il semble que je n'aie pas été capable de le réussir pour nous tous.

– Je vous le promets, fit Anna en tremblant. Merci, ajouta-t-elle après un instant de silence.

– Merci de quoi ? J'ai vraiment fichu le bazar. J'ai l'impression de n'avoir rien changé à quoi que ce soit !

– Je ne sais pas, dit Anna, les yeux baissés. Croyez-le ou non, aujourd'hui j'ai passé l'un des meilleurs moments de ma vie. Je sais bien que vous préféreriez être dans le Connecticut, mais moi j'aimerais que vous puissiez être la vraie Miss Baxter.

Louise se mit à rougir, émue par le compliment sincère d'Anna.

– Merci, Anna, fit-elle en la serrant très fort dans ses bras. Vous avez été une amie super.

Anna s'était un peu raidie quand Louise l'avait prise dans ses bras, n'étant pas habituée aux démonstrations d'affection de la part de Miss Baxter.

– Nous venons de nous rencontrer il y a deux jours à peine, c'est vrai, ajouta Louise, mais j'ai l'impression de vous connaître depuis toujours. J'aimerais que nous puissions être amies dans mon autre vie.

Elle aurait souhaité offrir à Anna un cadeau du XXIe siècle : un iPod avec ses chansons préférées ou un slim génialement coupé.

– Moi aussi, rayonna Anna. Je reviens tout de suite pour vous aider à vous habiller. M. Baxter doit attendre.

– Une seconde, Anna !

Elle venait d'avoir une idée.

– Avez-vous révélé vos sentiments à Christopher ? demanda-t-elle, réalisant soudain que ce serait bien vu de donner à Anna quelques tuyaux de son époque sur la manière d'aborder les garçons. Elle était plutôt douée pour conseiller Brooke.

– Mon Dieu, non ! Je ne pourrais pas faire ça ! s'exclama-t-elle, très gênée.

– Bien sûr que si ! Que vous êtes vieux jeu ! s'écria Louise.

Elles éclatèrent de rire à ce jeu de mots plutôt incongru.

– Oubliez donc les règles ! Il nous a aidées aujourd'hui, et il aurait pu s'attirer un paquet d'ennuis pour ça. Il vous apprécie, c'est sûr. Beaucoup, même.

– J'imagine que cela peut être vrai, supposa Anna.

– Si vous voulez le point de vue d'une femme moderne, je pense que si… je veux dire que quand nous aurons quitté ce bateau, vous devriez l'inviter à une pièce de théâtre ou à un pique-nique dans un parc.

– Moi ? L'inviter ? répéta Anna, choquée.

– Absolument, insista Louise. C'est vrai, qu'avez-vous à perdre ?

Anna resta un moment stupéfaite.

– Mais comment vais-je m'habiller ? reprit-elle.

Louise éclata de rire. C'était bien là l'éternel dilemme des femmes !

– Vous devriez porter l'une des robes de Miss Baxter, suggéra Louise en fouillant dans le placard pour trouver quelque chose qui serait superbe sur Anna. Que pensez-vous de celle-ci ? demanda-t-elle en exhibant à bout de bras une robe longue turquoise spectaculaire, dans le style grec

antique, pour qu'Anna puisse bien la voir. Elle va super bien avec la couleur de vos yeux.

La soie avait la teinte exacte des yeux bleu-vert d'Anna.

– Je ne pourrais pas, hésita Anna.

– Bien sûr que si, l'encouragea Louise en lui tendant la robe de force. Nous n'avons pas beaucoup de temps. Vite, essayez-la ! Ma meilleure amie et moi, on se prête sans arrêt nos affaires. C'est un des super bons côtés d'avoir une meilleure amie !

– Si vous insistez, accepta Anna avec beaucoup moins d'hésitation.

Elle se débarrassa vivement de sa robe marron en laine informe et enfila la nouvelle robe. Elle était… resplendissante.

– C'est super chaud ! couina Louise.

– Pardon ? fit Anna, soudain affolée.

– Euh, non, pas chaud dans le sens « chaleur », expliqua Louise. Chaud, dans le sens où je veux dire que vous êtes, euh… vraiment incroyablement belle !

– Merci.

– Impossible qu'il ne tombe pas raide dingue de vous dans cette robe. Regardez-vous donc !

Anna s'approcha du miroir en pied. Un immense sourire éclaira son visage quand elle se découvrit.

– Je vous l'avais dit, triompha Louise.

– Je pourrais peut-être lui proposer une promenade, un après-midi…

– Absolument, appuya Louise en lui tendant une paire de chaussures en satin d'une teinte bleutée.

Ah, cette Miss Baxter avait un vrai don pour assortir ses accessoires !

– Aïe ! s'écria Anna en comprimant ses pieds dans les chaussures trop petites de Miss Baxter.

– Maintenant faites un tour de podium. Comme ça.

Louise fit de son mieux pour lui montrer comment un top-modèle défilait sur un podium imaginaire.

– Un podium ? fit Anna en gloussant.

Même si elle ignorait ce que c'était, elle copia le déhanché exagéré, un pied devant l'autre, et se mit à déambuler dans sa nouvelle tenue.

– Qu'est-ce qui se passe, ici ? beugla M. Baxter en cognant à la porte du dressing.

– Rien du tout, oncle Baxter, lança Louise, qui ne voulait pas qu'il interrompe le défilé de mode.

– Alors, qu'est-ce qui vous retarde autant ? Nous sommes en retard pour le dîner, et je suis mort de faim !

– Des choses de filles ! lança-t-elle en regardant Anna.

– Ah, les femmes ! soupira M. Baxter en s'éloignant.

Les deux filles échangèrent des regards affolés. Louise devait trouver un plan, et vite !

Elle considéra Anna pendant un long moment et ressentit quelque chose qu'elle n'aurait pu définir que comme le mal du pays. Elle avait envie d'envelopper son amie dans la robe rose, pour qu'elles soient toutes les deux en sécurité et retournent ensemble dans le Connecticut. Peut-être était-ce possible ?

Anna se changea vite et remit sa robe toute terne, pour aller calmer M. Baxter.

Les yeux fermés, Louise s'imaginait de retour dans son propre dressing, rêvant d'être à une autre époque. Sauf qu'elle savait qu'en ouvrant les yeux, tout cela serait irréel. Elle pensa une fois de plus aux autres femmes qui avaient porté ses vêtements vintage avant elle, à leur vie, et à la manière dont ils la reliaient à ces dernières. Celles qui dansaient, allaient à des soirées. Celles qui avaient leurs propres rêves, leurs petits amis.

Et si la robe n'était qu'une simple robe ? Impossible pour Louise de s'imaginer qu'elle serait Miss Baxter pour toujours ! Elle ne voulait pas mourir noyée. Il fallait qu'elle croie de toutes ses forces ce que Marla et Glenda lui avaient révélé sur le pouvoir des vêtements vintage. Sur la nécessité d'écouter et de respecter l'énergie du tissu.

– Louise, êtes-vous bientôt prête ? fit la voix d'Anna accompagnée de coups timides sur la porte du dressing, interrompant sa rêverie. M. Baxter s'impatiente.

– Anna, entrez, murmura Louise impétueusement. Je crois que j'ai trouvé comment nous allons nous échapper.

– Je vous en prie, dites-le-moi ! s'écria Anna en se précipitant dans le dressing, puis refermant la porte sur elle.

– Eh bien, la dernière chose dont je me souviens avant de me retrouver ici, c'était que j'essayais la robe rose de Lucile à une vente vintage.

– Qu'est-ce qu'une vente vintage ? demanda Anna, interloquée.

– Je vous l'expliquerai plus tard. Mais cette robe, la robe de Miss Baxter, c'est le lien ! Peut-être que pour rentrer, il suffit de nous tenir par la main et de mettre la robe. Avez-vous envie de voir ce que c'est que de vivre dans cent ans ? fit-elle en tendant la main vers Anna. Euh… attendez un peu, où est la robe rose de Miss Baxter ? s'affola-t-elle en passant la garde-robe en revue, à la recherche du moindre éclat rose scintillant.

– Je l'ai envoyée à la blanchisserie pour la faire nettoyer et repasser. Elle était un peu froissée après votre évanouissement, alors je…

Anna s'interrompit devant l'air horrifié de Louise.

– Vous voulez dire que la robe n'est pas ici ?

– Eh bien, pas ici dans le placard, mais elle est à la blanchisserie. Je suis sûre qu'il n'y a pas de problème. Elle est sans doute prête à être récupérée.

– Il faut retrouver cette robe ! la pressa Louise. C'est notre seul moyen de nous échapper de ce bateau !

– Vous voulez dire que cette robe est le lien entre la vie de Miss Baxter aujourd'hui et la vôtre dans le futur ?

– Oui, j'en suis presque sûre. Pouvez-vous me conduire à la blanchisserie ?

Avant qu'Anna ne puisse répondre, le bateau subit une brusque secousse. Louise entendit un très fort grincement. Puis ce fut le calme absolu. Le bourdonnement des moteurs s'était arrêté. Tout était parfaitement paisible. Soudain, les lumières s'éteignirent.

CHAPITRE 35

– C'est vraiment en train d'arriver, murmura Anna, toujours dans l'obscurité.

– J'imagine que je n'ai rien pu changer, répliqua Louise, attristée et effrayée.

– Qui a éteint la lumière ? appela M. Baxter depuis sa suite. Que se passe-t-il donc ici, tonnerre de Dieu ? jura-t-il en se cognant aux meubles.

Les lumières électriques vacillèrent, puis grésillèrent et quelques secondes plus tard l'électricité fut rétablie.

– Il faut aller chercher de l'aide ! s'exclamèrent les filles en se précipitant hors du dressing.

– Mettez votre gilet de sauvetage ! ordonna Louise à M. Baxter, qui sautillait dans sa chambre en serrant dans sa main son pied qu'il venait de cogner.

– Mon Dieu, cela signifie-t-il que tu avais raison depuis le début ? C'est impossible ! gémit-il.

Les filles ouvrirent la porte donnant dans la coursive : elle était déserte. Tout le monde semblait avoir ignoré le choc, comme si cela n'avait été qu'une grosse vague heurtant la coque.

Deux membres de l'équipage arrivèrent en courant devant elles.

– Qu'y a-t-il ? les héla Louise.

– Tout va bien. Ne vous inquiétez pas, mesdames. Mais retournez dans votre cabine, s'il vous plaît, répondit l'un d'eux.

Il parlait d'un ton calme, mais impossible de se méprendre sur son air terrorisé.

– Il faut avertir tout le monde, décréta Louise. Apparemment, nous ne pouvons pas faire confiance à l'équipage. Sinon tous les gens resteront piégés dans leur cabine jusqu'à ce qu'il soit trop tard.

Quand les deux hommes eurent disparu, Louise et Anna parcoururent la coursive en frappant aux portes des suites.

– Mettez tous vos gilets de sauvetage ! Allez aux canots ! Nous avons heurté un iceberg ! hurlaient-elles.

En quelques secondes, les portes commencèrent à s'ouvrir.

– Qu'est-ce donc que ce vacarme ? protestaient les passagers, troublés et furieux.

Un petit homme râblé, vêtu d'un seul peignoir en éponge, la moitié du visage encore enduite de mousse, sortit devant sa cabine et pointa son antique rasoir vers Louise.

– Ne soyez pas absurde ! Le *Titanic* n'est pas en train de couler. Il n'y a pas une seule goutte d'eau nulle part ! s'écria-t-il en montrant la moquette parfaitement sèche. Maintenant, j'ai l'intention de finir de me raser, grommela-t-il avant de leur claquer sa porte au nez.

Combien de temps faudrait-il à l'eau pour monter jusqu'aux premières classes ? Quand elle surgirait, il serait sans doute trop tard pour faire quoi que ce soit !

Elles se précipitèrent vers la porte suivante.

– Vous voulez plaisanter ! Il est scientifiquement impossible que ce bateau coule, déclara un homme à lunettes avant de leur claquer lui aussi sa porte au nez.

À la surprise de Louise, ce fut Lady Lucy Duff-Gordon qui ouvrit la porte suivante.

– Ma chère, quel est le problème, Dieu du ciel ?

Louise ne put s'empêcher de remarquer que Lady Lucy portait un extraordinaire kimono mauve avec un passepoil noir, l'une de ses marques de fabrique.

– Lucile…

– Je vous en prie, ma belle, appelez-moi Lucy, l'interrompit-elle en maintenant d'une main son kimono bien fermé.

– OK, Lucy. Le *Titanic* va couler. En tant qu'amie, je vous supplie de me croire.

Lucy leva un sourcil sceptique.

– Ne croyez-vous pas qu'il vaudrait mieux attendre que le commandant en fasse l'annonce officielle ?

– Je vous en prie, vous êtes trop talentueuse pour mourir. Le monde a besoin de vos nouvelles créations, plaida Louise.

Lucy resta silencieuse et plongea ses yeux dans ceux de Louise.

– Vous avez raison. Si l'on attendait les hommes pour donner l'alerte, on serait tous au fond de l'eau. Et je viens d'entendre un bruit des plus bizarres à l'instant même.

– Qui est là ? demanda Sir Cosmo depuis le fond de la suite.

– C'est le premier officier, cria Lady Duff-Gordon avec un clin d'œil à Louise. Mettez votre gilet de sauvetage, Cosmo, on quitte le navire un peu plus tôt que prévu ! J'aurais dû me méfier des voyages en mer, ajouta-t-elle en se tournant vers Louise, j'ai failli faire naufrage étant enfant.

– Merci de me croire et de sauver votre vie ! s'écria Louise, soulagée.

Lucy rentra dans sa suite et hurla :

– Cosmo, donnez-moi mon manteau en écureuil, on fiche le camp de ce maudit bateau !

Louise sourit, soulagée. Elle venait peut-être de sauver la vie de l'une de ses créatrices préférées de tous les temps. *C'était trop cool !*

Avec un enthousiasme renouvelé, elle continua à frapper aux portes. Malheureusement le reste des passagers était déjà en train de dîner, ou ignorait ses avertissements.

– Monter sur le pont supérieur ? Je vais attraper la mort, par ce froid glacial, répondit une femme en robe de chambre, le visage enduit d'un masque vert aux algues.

– Nous n'avons rien heurté, me semble-t-il. Ah, vous les femmes, vous exagérez toujours ! Prenez donc un calmant ! cria un moustachu.

– Ça ne marche pas, gémit Louise à Anna, découragée.

Personne ne voulait croire que la légère secousse avait eu en fait un sérieux impact sur le navire. Même M. Baxter semblait être resté dans sa suite. Que l'équipage cache la vérité pour ne pas affoler les gens n'aidait en rien. À moins qu'il n'ait pas réalisé lui non plus à quel point la situation était grave.

– Je vais chercher Christopher. Il avertira l'équipage, décida Anna.

– Bonne idée. Moi je vais descendre chercher la robe. C'est mon seul espoir de retrouver ma vraie vie. Je vous retrouverai sur le pont supérieur dès que je pourrai.

Dans l'escalier, alors que Louise et Anna s'étreignaient brièvement avant de se quitter, Louise songea qu'elle risquait de ne jamais revoir sa nouvelle amie. Mais il fallait saisir cette chance.

CHAPITRE 36

– Où est la blanchisserie, s'il vous plaît ? demanda Louise à un membre de l'équipage qu'elle croisa dans l'escalier.

– Descendez deux étages, puis à gauche, madame. Mais je vous conseillerais plutôt de ne pas y aller. Retournez dans votre suite.

– Et pourquoi donc ? Il s'est passé quelque chose ? fit Louise d'un ton innocent.

Quand quelqu'un finirait-il enfin par admettre ce qu'elle savait déjà ?

– Aucune inquiétude à avoir, madame, répondit-il poliment en éludant la question. Mais retournez à votre cabine et mettez votre gilet de sauvetage.

Louise ignora cette recommandation et continua à descendre. Elle ne voulait pas qu'on la rassure. C'était la vérité qu'elle voulait entendre ! Elle descendit rapidement et se retrouva dans une partie du bateau qu'elle n'avait jamais visitée. Ouvrant la première porte sur sa gauche, elle pénétra par inadvertance dans ce qui devait être une cabine de troisième classe. Elle était simplement meublée de couchettes en bois superposées se faisant face, d'un bureau et d'une chaise en chêne brut, complétés d'un lavabo en porcelaine blanche. Elle n'avait même pas la dimension du dressing de Miss Baxter.

Une mère de famille était assise au bord de la couchette supérieure, un gilet de sauvetage blanc enfilé sur son manteau en laine sombre. Elle attachait à présent ceux de ses enfants. Louise s'adossa au chambranle de la porte pour garder l'équilibre. Le tangage du navire était bien plus prononcé à ce niveau.

– Je suis désolée, je cherchais la blanchisserie, dit Louise.

La mère leva vers Louise un regard d'où elle essayait de dissimuler la peur.

– Au bout de la coursive, prenez à gauche. Ensuite ce sera la troisième ou quatrième porte.

– Merci.

– Seulement, madame, je vous conseillerais de remonter à votre cabine. Je ne sais pas trop ce qui se passe, mais regardez.

Au moment où la femme montrait le sol du doigt, Louise réalisa que de l'eau glacée s'infiltrait à leurs pieds.

– Nous devons attendre ici les instructions de l'équipage. Vous devriez faire la même chose.

Le bateau prenait déjà l'eau ! Il ne devait pas rester beaucoup de temps !

– Non, venez avec moi ! lui intima Louise.

Si les passagers de troisième classe patientaient dans leur cabine, ils ne s'en sortiraient jamais vivants, elle en était certaine.

– Je vais vous emmener au pont supérieur. Ici, c'est trop risqué.

La mère prit un enfant dans les bras, Louise se chargea de l'autre.

Elle rebroussa chemin, sachant que repartir sans la robe était un gros risque. Mais elle n'avait pas le choix. Si cette femme voulait bien l'écouter, Louise devait la sauver.

– Pourquoi t'as pas de gilet ? lui demanda le petit garçon qu'elle portait.

– Je le cherche encore, répondit-elle.

La robe rose lui serait bien plus utile que n'importe quel machin gonflable !

Arrivés sur le pont supérieur, ils furent saisis par l'air glacé. Louise serra le petit garçon tremblant de froid contre elle. La mer était parfaitement calme. Le pont était encore plutôt désert, et elle repéra immédiatement Anna qui parlait avec Christopher. Des membres de l'équipage s'activaient, mais il n'y avait encore que de petits groupes de passagers à proximité des canots de sauvetage.

– Anna ! appela Louise en se précipitant vers elle. Voulez-vous bien vous occuper d'eux ? fit-elle en lui tendant le petit garçon. L'eau a déjà commencé à envahir les ponts inférieurs.

– Bien sûr, dit Anna en prenant le petit dans ses bras.

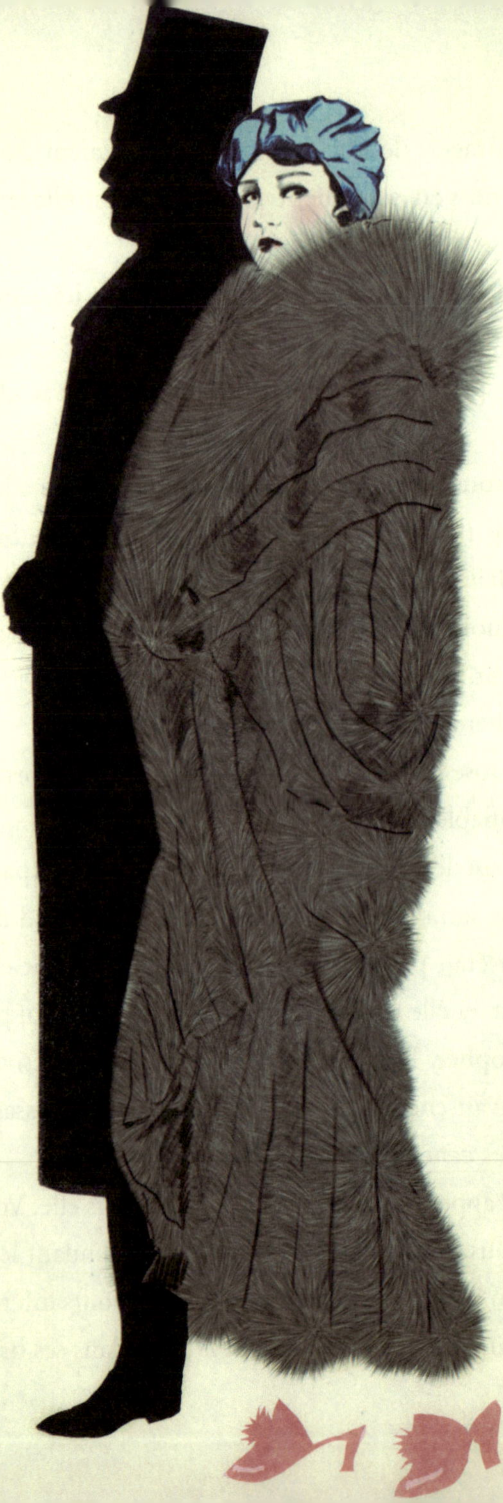

– Suivez-moi ! cria Christopher. Vous allez faire un tour dans les petits bateaux. Ce n'est pas amusant ? dit-il aux enfants pour essayer de ne pas les affoler.

Les enfants hochèrent la tête, les yeux écarquillés. Pour eux ce n'était encore qu'un jeu. Ils étaient trop jeunes pour avoir peur.

Louise aperçut Lady Lucy et Sir Cosmo parmi les premiers passagers à arriver sur le pont supérieur. Lady Lucy portait un turban bleu saphir et son long manteau en écureuil. Louise sourit en découvrant les pantoufles en soie rose qui dépassaient du bas du manteau. Si Lucy Duff-Gordon quittait le navire, elle le faisait en tout cas avec panache.

– Il faut que je redescende, annonça Louise à Anna. Je n'ai toujours pas trouvé la robe.

– Soyez prudente, recommanda Anna en la serrant dans ses bras. Vous aviez raison. C'est sérieux.

CHAPITRE 37

Louise reprit l'escalier, maintenant encombré. Elle fut soulagée de constater que bon nombre de passagers s'étaient décidés à enfiler leur gilet de sauvetage par-dessus leur manteau et grimpaient vers les ponts extérieurs.

Plus bas Louise s'enfonçait, plus le niveau d'eau montait. Quand elle parvint au pont inférieur, elle lui arrivait déjà aux genoux. Louise s'engagea à nouveau dans la coursive. Il fallait absolument qu'elle mette la main sur cette robe !

Elle atteignit enfin devant la bonne porte et en actionna la lourde poignée en cuivre. Elle céda difficilement en raison de la pression de l'eau qui montait. Louise se faufila à l'intérieur et referma derrière elle.

L'éclairage électrique vacillait mais fonctionnait encore. C'était bien la blanchisserie, pas de doute. De grands bacs industriels étaient alignés le long du mur, de nombreuses rangées de vêtements pendaient du plafond.

Louise commença à les explorer avec frénésie, faisant tomber dans l'eau des manteaux et des robes. La pièce était désormais complètement inondée. Des cartons à chapeaux et des bottines à boutons venaient s'entrechoquer contre ses jambes. Les vêtements qu'elle avait fait tomber lui collaient aux mollets comme des algues gluantes. C'était de plus en plus difficile de se déplacer dans l'eau glacée. Mais où était cette maudite robe ?

Soudain, dans la lumière tremblotante, Louise aperçut une flaque rose couleur chewing-gum passer à côté d'elle, la jupe déployée en arc de cercle. Le fil d'or et les petites perles argentées la faisaient scintiller. On aurait juré à cet instant précis qu'elle avait un pouvoir magique. Les doigts gourds, Louise l'extirpa de l'eau glacée. Enfin ! Elle fit demi-tour dans l'eau qui lui arrivait désormais à la cuisse. Elle se cramponnait au tissu trempé comme à un gilet de sauvetage.

Pourvu qu'Anna s'en sorte !

Louise repartit dans la coursive, maintenant embouteillée de passagers essayant d'atteindre l'extérieur.

– Que se passe-t-il ? Avons-nous vraiment heurté un iceberg ? Nous coulons ? entendait-elle à la ronde.

– Pas de panique ! Il faut aller aux canots de sauvetage ! hurla Louise.

Elle se sentait comme une hôtesse de l'air dans un avion qui s'écrase. Mais sa voix se perdit dans la cacophonie

ambiante. Quand elle rejoignit l'escalier, une cascade d'eau de mer se déversa sur elle.

– Accrochez-vous à la rampe ! continua Louise. Il faut réussir à remonter, impossible de retourner en arrière !

Elle se cramponnait toujours de toutes ses forces à la robe et à la rampe en bois glissant.

Il lui fallait faire encore un arrêt avant le pont supérieur. Elle voulait s'assurer que M. Baxter n'était pas resté dans sa suite. Elle quitta l'escalier au dernier étage, qui commençait tout juste à être inondé.

Elle frappa à nouveau à toutes les portes précédant celle de la suite de M. Baxter.

– Que se passe-t-il ? Le *Titanic* va couler ?

Certains passagers étaient encore dans leur cabine, mais ils avaient fini par comprendre que quelque chose clochait.

– Oui, regardez ! cria Louise en montrant la flaque d'eau qui s'élargissait à ses pieds.

Ce fut le signal du chaos général.

– On va couler ! Au secours ! Aux canots !

En quelques minutes, la coursive se remplit de passagers de première classe affolés, ayant tous revêtu un gilet de sauvetage. Une foule compacte se pressait vers l'escalier et poussait pour accéder au pont supérieur.

Louise courut à contresens vers sa suite. Elle essaya d'actionner la poignée, qui ne bougea pas. Elle appuya contre la porte de tout son poids. L'eau offrait une forte résistance : le niveau dans la pièce lui arrivait déjà aux genoux. Frigorifiée, elle traversa la chambre et le salon. La photo encadrée de Miss Baxter flottait à côté d'elle. L'eau s'était déjà infiltrée dans le cadre, et l'image était toute floue.

– Monsieur Baxter ? appela Louise à travers la cloison.

Ouf ! La cabine était vide. Il avait dû l'écouter et monter sur le pont. Elle quitta sa suite et reprit sa progression dans la foule paniquée pour gravir l'escalier. Maintenant, c'était sa vie qu'elle devait sauver.

Louise passa devant le gymnase. Pour une fois, il était bourré de monde ! Des centaines de passagers s'y tassaient pour rester au chaud en attendant d'embarquer. Des enfants jouaient avec les chevaux mécaniques et la machine à ramer. Elle en était triste pour ce pauvre professeur de gymnastique : il avait fallu une collision avec un iceberg pour que les gens viennent enfin chez lui…

Le pont supérieur était dans un chaos indescriptible, en musique.

Louise fut surprise et émue de constater que, comme dans le film, l'orchestre de la salle à manger des premières classes jouait des airs entraînants alors que des passagers paniqués couraient en tous sens à la recherche de leurs proches pour embarquer sur les canots. C'était étrangement réconfortant.

– Anna ! appela Louise, cherchant désespérément son amie dans la cohue.

– Les femmes et les enfants d'abord ! S'il vous plaît, embarquez ! Les femmes et les enfants !

Louise découvrit le premier officier Murdoch qui hurlait ses instructions à la foule en désordre. Elle croisa son regard un instant et il secoua la tête, stupéfait, réalisant peut-être qu'elle avait eu raison depuis le début. Revenant vite à la réalité, il continua à crier ses directives.

Louise repéra Lucile et Cosmo dans le premier canot en train d'être mis à la mer, aux trois quarts vide ! Observant leur descente, elle fut envahie d'une vague de colère et de désespoir. Combien de personnes auraient été en sécurité dans ce bateau ? Ils ne devaient pas encore avoir compris à quel point la moindre place était précieuse.

– Anna ! appela de nouveau Louise dans l'air glacé.

Soudain M. Baxter surgit à côté d'elle, un enfant hurlant sur chaque bras, suivi d'une femme qui sanglotait.

– N'ayez pas peur ! Je vous conduis à un canot ! hurlait-il à la femme de sa voix de baryton.

Louise allait lui faire signe mais changea d'avis, ne voulant pas le retarder avec cette famille qu'il aidait.

– Anna ! hurla Louise.

Si son amie restait introuvable, Louise repéra M. et Mme Straus qui se tenaient par la main. Des membres de l'équipage suppliaient Mme Straus de monter dans le canot qui était mis à la mer juste à côté d'eux. T.W. McCawley, sur la rambarde, passait des enfants et des bébés aux occupants du canot comme un travailleur à la chaîne.

– Je ne laisserai pas mon mari, entendit Louise.

– Je vous en prie, madame, montez dans le canot, insistait un membre de l'équipage.

– Ida, monte donc ! Tout ira très bien, la supplia M. Straus, car à ce moment seuls les femmes et les enfants étaient autorisés à embarquer.

– Nous avons vécu ensemble, nous mourrons ensemble, s'obstina Ida sur un ton qui n'admettait aucune réplique.

– Mais il y a de la place pour vous deux. Alors embarquez ! Il faut mettre ce canot à l'eau immédiatement, les pressa un employé de la compagnie.

– Tant qu'il restera des femmes sur ce bateau, je refuse de partir, proclama M. Straus avec véhémence.

Sur ces mots, ils se dirigèrent vers deux transats et s'assirent calmement en se tenant la main.

De toute sa vie, jamais Louise n'avait vu quelque chose d'aussi beau et courageux.

Elle aperçut enfin Anna et Christopher sur le pont. Ils essayaient ensemble de remplir un autre canot. Anna attrapa un enfant en larmes et le tendit à sa mère. Mme Astor était assise dans le même bateau, les bras serrés autour de son ventre dans un geste protecteur, pleurant en silence. M. Astor n'était pas avec elle.

Trempée et tremblante, Louise agita la robe rose comme un drapeau au-dessus de sa tête. Anna se précipita vers elle.

– Vous l'avez retrouvée ! s'exclama-t-elle en la serrant dans ses bras. C'est pire que je ne l'imaginais !

Le bateau s'inclina dangereusement, et les deux filles se raccrochèrent l'une à l'autre pour ne pas tomber. Des transats en bois glissèrent sur le pont à côté d'elle, comme montés sur rollers.

– Regardez ! fit Anna en montrant le Dr Hastings, hystérique, suspendu aux cordages d'un canot en train de descendre.

– Faites-moi quitter ce bateau ! Je suis médecin ! hurlait-il, les jambes battant l'air alors que des employés tentaient de le rattraper.

Une fusée de détresse s'éleva dans l'obscurité et des éclats lumineux retombèrent telle une cascade d'étoiles filantes.

– Je suis désolée, je ne peux pas laisser Christopher. Vous n'êtes pas censée être ici. Moi, si. Je suis dans mon époque, et je dois aider ! cria Anna quand Louise leva la robe au-dessus de leurs têtes.

– Anna, je ne pars pas ! Nous resterons ensemble ! s'exclama Louise.

Soudain le bateau pencha sévèrement et un cri collectif déchira la nuit noire. Anna perdit l'équilibre et partit dans la direction opposée à celle de Louise, emportant dans sa main un petit morceau déchiré à l'ourlet de la robe.

Louise appela son amie avec l'énergie du désespoir, mais elle tomba à la renverse sur le pont. La robe vint la recouvrir, transformant la nuit en un éclair de couleur rose. Puis tout devint noir, une fois encore.

« Porter du vintage, c'est une façon de porter l'histoire, un moyen par lequel on peut transformer le passé en présent. À travers nous, c'est la mode d'autrefois qui reprend vie. »

HILARY ALEXANDER,
directrice de la rubrique mode,
The Daily Telegraph

CHAPITRE 38

– Ouvre les yeux.

Une voix de femme l'appelait, de très loin. Oh non, pas encore le même rêve ! Cette fois-ci, Louise ne voulait pas ouvrir les yeux. Elle décida de dormir pour toujours.

– Ouvre les yeux, insista la voix mélodieuse.

Il y avait quelque chose de différent dans cette voix, quelque chose de familier et agréable.

– Louise, s'il te plaît, ouvre les yeux !

Entendant son prénom, Louise obéit.

– Maman ?

M. et Mme Lambert, le front soucieux, étaient penchés sur leur fille. Mme Lambert lui caressait le visage de sa main douce. Les yeux bleu-gris de son père étaient remplis d'inquiétude.

– Ma chérie ? Oh, Dieu merci ! Comment te sens-tu, mon cœur ?

– Maman ? bredouilla Louise une deuxième fois, incrédule et tellement soulagée (stupéfaite aussi) de retrouver les visages de ses parents.

– Papa ? Que… que s'est-il passé ?

– Je pense que ta fièvre est retombée, expliqua Mme Lambert en souriant, tout en tamponnant le front de sa fille avec un gant humide et frais.

Elle portait sa tenue de week-end relax, un pantalon en toile et une chemise bleue en chambray aux manches relevées.

– Super génial ! s'exclama une voix à l'autre bout de la chambre.

Brooke bondit de son rocking-chair et se précipita vers le lit de Louise.

– Brooke est restée te tenir compagnie, expliqua Mme Lambert.

Louise sourit à son amie et fut submergée par une impression de déjà-vu. On aurait dit une version plus jeune d'Anna !

– Merci, fut-elle seulement capable d'articuler.

– De rien, se défendit Brooke en haussant les épaules. On était vraiment super inquiets pour toi. Je suis heureuse que tu te sois enfin réveillée. Et puis, c'était loin d'être barbant. Ta mère nous a raconté des histoires trop cool sur ta grand-tante Alice.

– Et alors, qu'est-ce que tu sais de tante Alice ?

– C'était une actrice magnifique. Elle a été passagère en première classe sur le *Titanic* ! Tu te rends compte, c'est comme dans un film ! Je n'arrive pas à croire que tu ne m'aies jamais parlé d'elle !

– Ah bon, elle était comme ça ? demanda Louise, qui essayait de mettre en place les pièces du puzzle.

Elle commençait à comprendre Dorothy qui se réveillait de nouveau chez elle au Kansas après son épopée chez le magicien d'Oz.

– Oui, dââââarling. Je vous ai raconté, à Brooke et toi, l'histoire d'Alice et ses aventures en haute mer pendant que tu souffrais de cet accès de fièvre, expliqua sa mère.

– Pourquoi ne me l'avais-tu jamais racontée ? demanda Louise, en repensant au tableau de sa vieille grand-tante accroché dans la salle à manger.

– Je ne l'ai appris que la semaine dernière, quand j'étais à Londres. La fille d'Alice ne l'a révélé que lorsqu'elle a été sur son lit de mort. Sa mère était une personne très réservée. Je te la raconterai de nouveau un jour, ne t'inquiète pas.

– Qu'est-ce qui m'est arrivé ? interrogea Louise.

– Tu t'es évanouie à cette vente vintage où tu as absolument voulu aller, dit Mme Lambert avec un petit « tssst », qui ne réussit pas à masquer le « je te l'avais bien dit » dans sa voix. Brooke et ces deux charmantes dames t'ont ramenée à la maison.

– Marla et Glenda ? fit Louise.

– Oui, c'était nous.

Louise eut un hoquet de surprise. Marla était perchée au bord de sa commode, un peu comme un chat. Elle ne l'avait pas vue plus tôt.

– Pas possible ! s'exclama Louise en secouant la tête d'incrédulité. Vous êtes réelles…

– Bien sûr qu'elles sont réelles, répliqua sa mère en couvant Louise d'un regard inquiet.

Glenda était adossée au mur à côté de Marla. Elle semblait encore plus grande, vue depuis le lit de Louise. Depuis combien de temps étaient-elles là ?

– Eh bien, ma chère madame Lambert, nous vous avions bien dit que ce n'était rien du tout, roucoula Glenda en tapotant la tête de Louise.

– Mais pourquoi me suis-je évanouie ? voulut savoir Louise qui n'y comprenait rien.

– Le Dr Jacobs pense que c'est dû à une intoxication alimentaire. Une fièvre soudaine, des douleurs d'estomac… Te souviens-tu avoir mangé quelque chose d'inhabituel avant d'être malade ? lui demanda son père.

Louise repensa à la mystérieuse pâte au crabe croûteuse qu'elle avait goûtée à la vente vintage et sentit son estomac se retourner.

– Oui, gémit-elle, nauséeuse rien que d'y penser, ça doit être la mousse de crabe.

– Eh là, c'est vite dit ! objecta Marla en descendant de la commode avec une agilité surprenante.

Mme Lambert hocha la tête d'un air désapprobateur.

– La mayonnaise, sûrement. Ça n'arriverait jamais avec du vinaigre. Je n'ai jamais eu confiance en la mayonnaise. Et cette texture gélatineuse…

– On pourrait parler d'autre chose ? supplia Louise en se pressant l'estomac.

– Beurk, répugnant ! fit Brooke en écho. Créons un club antimayonnaise ! Tu pourras être la présidente, Louise !

Tout le monde se mit à rire. Sauf deux personnes…

– J'ai raté le bal ? s'inquiéta Louise.

– Ne t'inquiète pas, ma chérie, c'est dans quelques jours. Tu n'as été fiévreuse que pendant deux heures environ. Quoique votre bal risque d'être annulé, ajouta Mme Lambert.

– Oui, c'était trop dingue ! Il y a eu une giga inondation dans le gymnase de l'école. Tout est sous l'eau ! expliqua Brooke.

Louise entendit Marla – ou était-ce Glenda – glousser sous cape.

– Nous avons réussi à vous trouver la tenue idéale, je pense, déclara Marla avec satisfaction.

Louise resta bouche bée. La robe rose de Lucile qu'elle avait essayée dans la boutique, celle qu'elle portait en rêve sur le *Titanic*, était accrochée à la porte de son armoire. Désormais un peu froissée mais sèche, et avec la même déchirure au niveau de l'ourlet.

– Hmm… je cr… crois que… que… que je vais porter autre chose, bégaya Louise.

– Fariboles ! claironna Glenda. Faites confiance à notre compétence. Vous irez au bal du collège de Fairview. Enfin, si c'est là que votre cœur souhaite vous conduire.

– Oh oui, je vous le jure ! assura Louise en souriant.

Elle aurait donné n'importe quoi pour se rendre à ce bal. C'était la première fois qu'elle désirait quelque chose aussi fort.

– C'est bien ce que je pensais, lui fit Glenda avec un clin d'œil.

– Est-ce que tu sais si Todd y va avec quelqu'un ? demanda Louise à Brooke d'un ton qu'elle essaya de rendre détaché. Euh… parce que je ne serais pas trop étonnée qu'il ne veuille plus m'adresser la parole.

– Eh bien, étant donné que tu as détalé devant lui au beau milieu de tous les cinquièmes, tu pourrais croire qu'il va chercher une autre cavalière, ironisa Brooke en retenant un sourire. Mais apparemment il n'y a que toi sur sa liste. Je suis à peu près sûre qu'il y va tout seul.

Louise sourit, soulagée.

– J'ai dû me tromper quelque part…

Brooke leva un sourcil parfaitement dessiné.

– Au fait, tu avais raison. Kip a fini par m'inviter.

Ouf ! L'univers revenait à la normale.

– Bien, nous devons nous sauver. J'espère que vous passerez un merveilleux moment au bal, ma chère. Vous l'avez plus que mérité. Revenez nous voir bientôt, ajouta Glenda.

Sur ces mots, les deux femmes s'éclipsèrent.

– Très spéciales, ces dames, je dois dire, conclut Mme Lambert. Eh bien, Brooke, tes parents seraient sûrement contents que tu rentres. Il faut que Louise dorme, maintenant. Je reviens tout de suite avec du thé et des toasts beurrés à la confiture de framboise. En attendant, tu as de l'eau et du jus de fruits sur ta table de chevet, dit-elle à sa fille.

– Je suis bien content de voir que tu vas mieux, mon poulet, dit son père en lui ébouriffant les cheveux.

Elle sourit, même d'être appelée « poulet ». Tout plutôt que « Miss Baxter » !

– J'ai une plaidoirie à préparer, ajouta-t-il, mais j'irai au bureau un peu plus tard, je te verrai demain matin. Repose-toi.

M. et Mme Lambert l'embrassèrent sur la joue, puis la laissèrent seule, blottie sous la couette de sa grand-mère. Épuisée, et parfaitement, totalement contente.

Elle jeta un coup d'œil sur la robe accrochée à la porte et se mit à sourire. Quel rêve incroyable elle venait de faire ! Est-ce que tous ses vêtements vintage recelaient des histoires similaires ?

Au moment où elle se penchait vers sa table de nuit pour prendre une gorgée d'eau, elle découvrit une enveloppe vert pâle posée contre son radio-réveil.

Elle la prit avec une certaine nervosité : l'écriture de son nom lui était maintenant familière.

Pour Mlle Louise Lambert

Elle la retourna : le même cachet rouge sang en scellait le rabat.

Mme Lambert frappa deux fois à la porte. Sans attendre de réponse, elle entra avec un plateau en argent chargé d'une théière fumante et d'une pile de toasts. Louise cacha vite l'enveloppe dans le tiroir de sa table de nuit, sous son journal. Elle sourit à sa mère d'un air innocent en reposant la tête sur son oreiller.

CHAPITRE 39

Chaque fois qu'elle fermait les yeux, Louise sentait les vagues qui faisaient tanguer son lit comme un canot de sauvetage dans une mer agitée. Il était presque 2 h 30 du matin, elle avait peur de s'endormir et de se retrouver sur le *Titanic*. Elle décida de rester éveillée et alluma sa lampe de chevet. Elle s'assit sur son lit en frissonnant et entoura ses genoux de ses bras. Comment ignorer ce qu'elle ressentait au plus profond d'elle-même ? Que tout cela avait été vrai, et non pas qu'un rêve, une hallucination causée par l'intoxication alimentaire ? L'expérience était trop nette, trop précise.

La maison était sombre et silencieuse. Louise s'enroula dans sa couette et s'installa devant son ordinateur. Il fallait qu'elle trouve la vraie histoire du *Titanic*. Elle tapa « désastre du *Titanic* » et commença sa recherche clandestine.

Le RMS *Titanic* était un navire transatlantique qui devint tristement célèbre après sa collision avec un iceberg le 15 avril 1912. C'était le plus grand navire à vapeur du monde destiné au transport de passagers. Le capitaine Edward John Smith, âgé de soixante-deux ans, commandait ce vaisseau impressionnant. Ce bâtiment était considéré comme le summum de la construction navale et de la technologie. D'aucuns le surnommaient même « L'insubmersible ». Durant la première traversée du *Titanic* (depuis Southampton, en Angleterre, via Cherbourg, Queenstown, en Irlande, à destination de New York), il heurta un iceberg et coula quelques heures plus tard, brisé en deux.

À son époque, le *Titanic* était un joyau de confort et de luxe. C'était le premier bateau à offrir une piscine d'eau de mer chauffée, un gymnase à la pointe du progrès, des bibliothèques pour chaque classe et une salle à manger de première classe proposant une cuisine trois étoiles. Le plus spectaculaire était indubitablement le Grand Escalier, qui se déployait depuis le pont E, décoré de boiseries en chêne et d'une balustrade dorée. il était couronné par un dôme en verre et fer forgé qui l'éclairait à la lumière naturelle.

Sur la liste des passagers du voyage inaugural se trouvaient quelques-unes des personnes les plus riches et les plus connues au monde : le millionnaire John Jacob Astor IV et sa femme Madeleine, l'industriel Benjamin Guggenheim, le propriétaire du grand magasin Macy's Isidor Straus et son épouse Ida, la créatrice de mode Lady Lucy Duff-Gordon avec son mari et associé Sir Cosmo Duff-Gordon, l'impresario et producteur haut en couleur Henry Baxter qui chaperonnait sa nièce et protégée Alice Baxter, star anglaise du cinéma muet...

Louise n'en revenait pas.

– Oh, mon Dieu, murmura-t-elle. Tout a réellement eu lieu. Et cette Alice Baxter doit être ma grand-tante Alice.

Elle avait bel et bien existé... Louise se posa aussitôt une question (quoiqu'elle n'était pas trop sûre de vouloir en connaître la réponse, mais il fallait le faire quand même) : M. Baxter avait-il survécu ? Et Anna ? Les mains moites, Louise se crispa sur la souris et continua à faire défiler la page.

La nuit du 14 avril, le *Titanic* heurta un iceberg et coula trois heures plus tard le 15 avril 1912, faisant de nombreuses victimes. L'enquête conduite par le Sénat américain conclut que 1 517 personnes étaient mortes dans l'accident.

Le cœur battant, Louise tapa « *Titanic*, liste des morts ». Elle apparut sur l'écran quelques secondes plus tard. À chaque nom qu'elle découvrait, elle sentait son cœur se serrer un peu plus : J.J. Astor, Ida et Isidor Straus, le commandant Smith… elle les revoyait avec tant de netteté ! Cette liste ne serait jamais un défilé de visages anonymes pour elle. Le *Titanic* n'était plus un décor de cinéma spectaculaire. Pour la première fois de sa vie, elle éprouvait la réalité de l'histoire, parce qu'elle en avait connu les protagonistes. Louise avait presque terminé de lire la liste quand elle tomba sur le nom tant redouté. Elle n'avait finalement pas réussi à le sauver.

Elle cliqua sur le nom de M. Baxter.

On raconte que M. Henry Baxter et M. Benjamin Guggenheim ont revêtu leur plus beau costume, se sont servi le meilleur whisky et sont allés au fumoir pour mourir comme des gentlemen. Selon Alice, sa nièce éplorée,

M. Baxter et M. Guggenheim ont refusé de prendre place sur les canots de sauvetage car ils savaient qu'il n'y en avait pas assez pour toutes les femmes et tous les enfants. Dans l'unique interview qu'Alice a donnée à propos de la tragédie, elle a confié au *Herald Tribune* : « C'était mon oncle, mon impresario et mon ami le plus cher. C'était un vrai gentleman et il nous manquera à jamais. C'est trop douloureux de se remémorer cette nuit-là. J'ai dû l'occulter de ma mémoire, car je n'ai que de vagues souvenirs de ce qui s'est passé sur ce bateau. Mais je vais faire de mon mieux pour poursuivre ma vie. »

Louise ouvrit une nouvelle fenêtre et tapa « récits des survivants du *Titanic* », puis cliqua sur le premier lien.

Lady Duff-Gordon et Sir Cosmo Duff-Gordon ont embarqué sur le *Titanic* à Cherbourg, sous les faux noms de M. et Mme Morgan, afin de ne pas attirer l'attention de la presse à leur arrivée à New York. La nuit du désastre, ils ont pris le canot de sauvetage n° 1, qui fut baptisé par la suite « bateau des millionnaires » avec leur secrétaire Laura Mabel Francatelli et neuf autres personnes, la plupart des hommes d'équipage. Le bateau était pourtant conçu pour transporter quarante personnes.

On a beaucoup spéculé pour savoir si Sir Cosmo avait versé des pots-de-vin à l'équipage pour qu'il ne revienne pas en arrière et sauve d'autres passagers, dans la crainte que le canot soit pris d'assaut. En réalité, s'il a été confirmé qu'il a donné des chèques à tous les hommes d'équipage du canot, il prétend que c'était par charité, pour les aider à joindre les deux bouts jusqu'à leur prochaine affectation. Un employé degoûté qui était à bord de ce canot n° 1 se souvient de Lady Duff-Gordon qui, au milieu d'une des tragédies les plus horribles de notre histoire, aurait glissé à sa secrétaire « Oh ! votre jolie chemise de nuit est perdue pour toujours. »

Louise cliqua sur le lien suivant, pleine d'appréhension.

De nombreux passagers du *Titanic* ont refusé de parler de leurs expériences. Leurs histoires ont été connues des années plus tard.

Certains ne les ont racontées que sur leur lit de mort. Mais le *Titanic* a beau être l'une des pires tragédies de l'histoire navale, celle-ci a aussi son lot de récits dramatiques illustrant un grand héroïsme, qui ont mis en avant la nature altruiste et courageuse de l'esprit humain.

Le regard de Louise fut soudain attiré par le nom de son amie.

Anna Hard, âgée de dix-sept ans, femme de chambre de la passagère de première classe Miss Alice Baxter, se révéla une vraie héroïne, risquant sa propre vie pour sauver celles des autres. Dans une interview qu'elle a donnée au *Herald Tribune* peu de temps après son retour en Angleterre, Miss Hard, qui deviendrait plus tard Mme Brady, car elle épousa M. Christopher Brady, de l'équipage du *Titanic*, raconta qu'elle avait pu garder son calme et s'occuper des autres alors que tout le monde paniquait parce qu'elle avait eu la prémonition que le désastre aurait lieu. Elle a pu aider les hommes à remplir plusieurs canots à leur capacité maximum avec des femmes et des enfants alors que partout ailleurs des canots à moitié vides étaient mis à la mer par des hommes d'équipage terrifiés. Le vaisseau qu'ils croyaient insubmersible était bien en train de couler. Et chaque siège vide sur un canot signifiait qu'une personne resterait à bord et coulerait avec le RMS *Titanic*. Miss Hard a fini par embarquer avec réticence sur l'un des derniers canots avec Miss Baxter, mais déplore ne pas avoir réussi à emmener plus de gens avec elle, même si, selon ses propres termes, elle « sentait que cela se produirait inévitablement ».

Les larmes aux yeux, Louise sourit fièrement au récit de la bravoure d'Anna. Elle n'était donc pas devenue vieille fille, comme elle le redoutait ! Elle tapa « mariage d'Anna Hard et Christopher Brady ». Une parution dans le *London Times* s'afficha aussitôt sur l'écran.

Miss Anna Hard, dix-sept ans, et M. Christopher Brady, dix-neuf ans, se sont mariés ce dimanche à l'église de Grace Court. Le couple s'était rencontré dans des circonstances extraordinaires alors qu'ils travaillaient tous deux à bord du *Titanic* lors

DE SON TRAGIQUE VOYAGE INAUGURAL. ELLE ÉTAIT FEMME DE CHAMBRE DE L'ACTRICE ALICE BAXTER, LUI ÉTAIT QUARTIER-MAÎTRE SOUS LES ORDRES DU COMMANDANT SMITH. ON RACONTE QU'ILS ONT SAUVÉ DE NOMBREUSES VIES EN AIDANT LES PASSAGERS À EMBARQUER SUR LES CANOTS DE SAUVETAGE. M. BRADY A PRIS EN CHARGE L'UN DES DERNIERS CANOTS ET A QUITTÉ LE NAVIRE, AVEC MISS HARD ET MISS BAXTER À BORD. IL A RAMÉ POUR L'ÉLOIGNER DU TOURBILLON MORTEL QUI S'EST PRODUIT QUAND LE BATEAU BRISÉ A FINALEMENT COULÉ. « DEPUIS LE DÉBUT, ELLE ÉTAIT CONVAINCUE QUE LE *TITANIC* ÉTAIT CONDAMNÉ, A RACONTÉ M. BRADY À NOTRE REPORTER. LA PROCHAINE FOIS QUE MA FEMME AURA UNE PRÉMONITION, JE L'ÉCOUTERAI. COMPTEZ SUR MOI ! »

Et si, finalement, Louise avait influé sur le passé ? Peut-être avait-elle réussi à faire une petite différence, après tout !

Elle commença à cliquer sur des images, qui lui étaient maintenant familières : des dessins et des croquis de l'extérieur du bateau, le Grand Escalier, le gymnase avec ses chevaux mécaniques, quelques photos du film avec Kate Winslet et Leonardo DiCaprio, pour tomber enfin sur une photo noir et blanc prise pour un journal. Le cliché un peu flou était celui d'un groupe de gens très chics, qui brandissaient des coupes de champagne, devant les énormes cheminées où étaient inscrites en majuscules les lettres de la White Star. Louise zooma. C'était M. et Mme Astor, Ida et Isidor Straus ! Et, était-ce possible ? Elle cliqua encore sur la loupe et poussa un cri de surprise : la troisième fille à partir de la gauche c'était elle, pas de doute !

Elle consulta la légende. 12 avril 1912, RMS *Titanic*, pont A. De gauche à droite : Jacob et Madeleine Astor, une passagère de première classe non identifiée, Ida et Isidor Straus… Ômondieu ! Louise grossit le cliché encore plus, jusqu'à voir les pixels. C'était elle, pas de problème : mêmes yeux, même nez, cheveux frisottés, et sourire crispé. C'était elle, la passagère non identifiée. Elle y était vraiment. Et maintenant, elle en avait la preuve.

Louise prit la robe rose et la suspendit en première place dans sa penderie de collection. C'était de loin la pièce la plus ancienne.

Elle se rappela soudain l'enveloppe qu'elle avait cachée dans sa table de chevet. Elle était toujours sous son journal, là où elle l'avait laissée. Avec des titillements d'excitation dans l'estomac, elle en brisa le sceau en cire et en sortit la feuille épaisse.

Elle la déplia avec fébrilité. La lettre était écrite à la main, avec une calligraphie tarabiscotée, à l'encre rouge.

Très chère Louise,
Darling, vous étiez absolument sublime dans votre robe rose !

Louise crut presque entendre la voix rauque de Glenda en lisant les premiers mots. Elle poursuivit sa lecture.

Nous espérons que vous continuerez à faire partie de notre petit groupe de clientes triées sur le volet. Nous désirons vous faire partager à vous, notre toute nouvelle fashionista, un peu de notre conviction de l'importance des vêtements vintage. Il faut être une personne un peu spéciale pour réaliser que lorsqu'on porte du vintage, on endosse un peu du passé qui va avec, et comprendre que ce vêtement peut avoir un impact sur votre vie. Mais ce privilège de posséder un morceau du passé engage notre responsabilité.

Quand une personne est dotée d'un esprit fort, son énergie ne disparaît jamais. Elle prend une autre forme, se répand dans l'atmosphère et va se nicher dans les choses et les endroits qui lui étaient les plus chers et les plus intimes. Et il faut une sensibilité particulière pour la recevoir. Il n'est pas étonnant que des femmes possèdent des vêtements qui recèlent un peu de leur esprit. C'est particulièrement vrai lorsqu'un événement dramatique ou heureux s'est produit au moment où elles le portaient. L'âme ne peut pas mourir ; elle se transforme, tout simplement, elle change.

Voilà pourquoi le vintage est si puissant. Vous l'avez déjà ressenti, nous le savons.

Par malheur, ma chère, nous vivons aujourd'hui dans une époque où nous voulons de la vitesse, du bon marché, du moderne. Les vraies fashionistas ne vont pas faire du shopping au centre commercial !

N'oubliez pas votre histoire, Louise. Si nous l'oublions, nous *sommes voués à répéter le passé, comme si c'était la première fois, sans bénéficier de toute l'expérience accumulée par ceux qui nous ont précédés.*

Selon les termes de l'inimitable Coco Chanel, « la mode passe, seul reste le style ».

Bienvenue au club, darling. Rappelez-vous : vous êtes déjà une star. Maintenant il est temps de vous habiller comme telle !

Marla et Glenda

Louise reposa la lettre. Il lui fallait digérer toutes ces révélations…

– Êtes-vous des stylistes ou des philosophes ? murmura-t-elle dans le silence de sa chambre vide.

« Quelle est la différence ? » aurait-elle juré entendre, venue de nulle part, la voix rauque de Glenda, reconnaissable entre toutes.

Louise reprit l'enveloppe et en sortit une petite carte.

Elle sourit alors jusqu'aux oreilles. Les treize ans de Brooke étaient dans trois semaines à peine. Louise savait où elle trouverait la robe d'anniversaire parfaite.

Vente vintage
pour les Fashionistas
Voyageuses

VENEZ NOUS RENDRE VISITE – SAMEDI UNIQUEMENT

Vêtements fabuleux
Accessoires somptueux
Et conseils mode gracieusement fournis

37 SPRING STREET

de midi au crépuscule

INVITATION VALABLE POUR UNE PERSONNE
ET STRICTEMENT PERSONNELLE

REMERCIEMENTS

Ma plus profonde gratitude envers mes parents, dont l'amour et les encouragements constants ont rendu ce livre (et tout le reste) possible. Au brillant et discret Robert Josovitz pour avoir pimenté la conversation quand j'ai débarqué un matin pour le brunch dans le manteau en laine blanche de Mrs. Baxter. C'est ce jour-là que tout a changé pour moi. À Julien Schnabel, pour avoir appris à une fille du Connecticut une ou deux choses sur l'art, la vie, la générosité, et pour avoir montré, par son exemple unique, que d'autres mondes sont possibles. Merci à Alex Fuller Braden pour ses conseils désintéressés. Deux billets pour la première ont été mis au courrier. Merci à Nancy Shea et Todd Lyon du magasin New Haven Fashionista pour avoir inspiré l'imagination et stimulé les âmes de divas de tant d'heureuses clientes. Ce livre et ma collection vintage personnelle ne seraient pas les mêmes sans vous.

Mes remerciements les plus sincères aux fashionistas voyageuses honoraires : Elisabeth Weed, mon fabuleux agent, et Cindy Eagan, mon éditrice extraordinaire. Elisabeth, je te serai toujours reconnaissante de ton soutien indéfectible. Ton humour et ton optimisme forcené ont transformé ce long périple en succès, et merci de m'avoir fait rencontrer Cindy, mon éditrice-âme sœur. J'ai une chance incroyable de vous avoir toutes les deux à mes côtés. Merci.

« Pour l'éditeur, le principe est d'utiliser des papiers composés de fibres naturelles, renouvelables, recyclables et fabriquées à partir de bois issus de forêts qui adoptent un système d'aménagement durable. En outre, l'éditeur attend de ses fournisseurs de papier qu'ils s'inscrivent dans une démarche de certification environnementale reconnue. »

Composition Nord Compo

Imprimé en Espagne par CAYFOSA
Dépôt légal : août 2011
20.19.2362.0/01 - ISBN 978-2-01-202362-8

Loi n° 49-956 du 16 juillet 1949
sur les publications destinées à la jeunesse.